D E A R + N O V E L

MYSTERIOUS DAM! 5

鬼首峠殺人事件

五百香ノエル
Noel IOKA

ディアプラス DEAR NOVEL 086 文 BUNKO 庫

新書館ディアプラス文庫

S H I N S H O K A N

MYSTERIOUS DAM! 5

鬼首峠殺人事件

目次

イラストレーション／松本 花

ミステリアス・ダム！5

MYSTERIOUS DAM! 5

鬼首峠殺人事件

オニコベトウゲサツジンジケン

プロローグ

冷蔵庫の中にいるような錯覚《さっかく》に捕らわれる。

いや、錯覚ではないのではないだろうか。

いつの間にかここは冷蔵庫の中で、気付かぬ間に閉じ込められて、夢を見ていたのではないだろうか。

現実だと思っていたのが夢で、冷蔵庫の中が現実なのかもしれない。

ガラス窓がガタガタと鳴っている。

冷蔵庫の中ならばガラス窓はないはずだが、それは夢のせいなのかもしれない。

だとするとどちらが夢で、どちらが現実なのだろう。

夢でも現実でもいいから、早く逃《のが》れたかった。

ガタガタ、ヒューヒューという風の音は、ひっきりなしでおさまろうとしない。

うるさい、という思いよりも、四六時中借金取りに追いまくられているような焦燥感がつらかった。

もしかしたら借金取りに追われていたのだろうか。

わからない。

ただつらい、ただひたすらにつらい。

体中のどこもかしこも感覚がないのに、〝つらい〟という心の痛覚だけは消えない。

もはや寒いとか、痛いとか、苦しいという具体的な感覚はどこにもなかった。

あるのはただ、

――つらい、つらい、つらい、つらい、つらい、つらい……。

終わりのないつらさだけが、頭痛も消えた頭の中で木霊《こだま》している。

いっそこのつらさだけが消えてなくなってくれるなら、極寒《ごっかん》と激痛と苦悶《くもん》が戻ってきても構わない。

ガタガタ、ガタガタと、まるで馬鹿にしたように繰り返す窓の音がうるさい。

実際には音なんて何もしていなくて、これはただの耳鳴りなんだろうか、と、口に出して質問する気分には到底なれなかった。

いや、そもそも質問する相手なんて、ここにいただろうか？

質問には答えが必要だが、その答えを誰が返してくれるというのだろうか？

疑問は男を一瞬だけ現実に戻してくれた。

重要な事態が起こっていることは認識しているのだが、なぜとか、どうしてとか、考えなければいけない点で思考のループにはまっていた。

なぜ、どうして、と自問すれば、重要だからだ、と自答している。

だからまた、それはなぜ重要なんだ？　どうして重要だとわかるんだ？　と自問する事態に陥ってしまうのだ。

男は自分のつらさが、その疑問のどこかにあったような気がして、必死で考えた。

考えて答えを出さなければ、絶対に〝いけない〟という気になっていた。

「……なぜなんだ……」

男は目の前の女を見つめて冷たい空気を吸い込んだが、屋内だというのに、その冷気はおもてのそれとほとんど変わりない残酷《ざんこく》さで男の肺を満たす。

女の顔は白く凍り付いていていた。

目は開いていて、真っ白くなった眼球が虚空《こくう》をじっと見つめていた。

男は質問の答えは女が与えてくれると信じたが、女は答えなかった。

窓を鳴らす突風の音に混じって男の悲鳴が響くはずだったが、もはや慟哭《どうこく》は音声にならなかった。

1　鬼首峠《おにこべとうげ》の腹裂き女

薄暗いバスの中はずいぶんと暖かかった。

暖かいというよりは、暑い、に近いかもしれないのだが、ふと寒いと感じる瞬間もある。

暖房は、ぬるま湯というよりは熱湯に浸かっているくらいの温度に設定されているのかもしれない。

無理もない。

バスの車外は真っ暗だったが、時折街灯によって照らされた周辺は、どこを走っていても白一色の雪景色なのである。

N県は今年も記録的な大雪に見舞われていた。

白一色の光景は、眺めているだけでも背筋にゾクゾクとした寒気をもたらす。

車内で配られた毛布で半身を覆っていても、時々底冷えのする冷たさがおもてから染み出てくるようだった。

「眠れないんですか？　先生」

バス内のトイレに立っていた出版社、曳航社《えいこうしゃ》の編集担当、蒲生大二郎《がもうだいじろう》が、薄暗いバスの車内でぼんやりと雑誌を開いていた僕に声をかける。

「落ち着かなくてさ」

雑誌の記事などほとんど頭には入っていない。

どこを見ていたのかもおぼろげで、僕はページを閉じると、前の座席の背中についた網ポケットに雑誌をそっと差し込んだ。

「大吟醸《だいぎんじょう》ありますよ？」

「いいや、やめとくよ」

苦笑して首を振ったのは、酒好きで知られているいつもの僕らしくない。

蒲生もそう感じたのだろう。元の席には戻らずに、僕の隣の補助シートを出してすわった。

「リラックスしてくださいよ、そのためにお忙しいのを承知でご招待したんですから」

「ありがとう」

わかってる、わかってる、わかってるんだけど……。

僕、宮古天音《みやこあまね》は、推理小説家としてデビューして以来、何十回目のスランプというやつを味わっていた。

これは僕の人生にとって致命的と言っていい病《やまい》なのだが、僕だけでなく、編集担当もまた共に苦しんでいてくれて、そういう意味で蒲生がどれだけ気遣いを示してくれているかを思うと、ありがたいことではある。

ありがたいことではあるんだ、が……。

気を遣ってもらえるだけ感謝しなきゃいけない立場にありながらも、心のどこかで放っておいて欲しいとも思っている。

でも本当に放っておかれたら、これがまた、つらくてたまらないのも事実なんだな。

作家だからなのか、僕だからなのか、ワガママなものである。

「これだけ大勢の人がいるのに、みんな寝静まっていると、なんだか冬でも怪談がぴったりという雰囲気ですね」

僕の焦燥感《しょうそうかん》を察してか、蒲生は〆切のことやスランプのことは口にせずにそう言った。

みんな、と言ってももちろん運転手さんは起きているわけで、バスは着々と、目的地であるN県の〈鬼首村《おにこべむら》〉に向かっている。

車内にいるのは全員同じツアーの一行で、メインのメンバーは曳航社の編集部である。

「鬼首村って名前が、そういうイメージありますね。ちょっとレトロな怖さを彷彿《ほうふつ》とさせるといいますか」

「そうだね」

蒲生の気遣いに乗って、僕は頷いた。

「なにか特別な由来《ゆらい》がありそうな名前だ」

「由来は知らないんですけど、最近ではちょっとした都市伝説の舞台になっているんですよ」

僕が乗ったので、蒲生は喜んで話し出す。

「有名な巨大掲示板が発祥で、一年くらい前に凄い話題になりましてね、いまだに真偽が問われているスレッドになってますよ。僕もついつい読みふけっちゃいました」

スレッドというのは掲示板につけられたタイトルのことだ。

こういう、タイトルをつけて万人に意見を求めることを、〝スレッドを立てる〟という言い方をする。

匿名掲示板ではよく、〝タレントの××ってどう？〟などというスレッドが立って、一般人が愚にもつかない噂話を繰り広げる。

書かれた内容が下司《げす》なものであればファンはかばい、アンチは更にこき下ろし、そうやって煽《あお》り合《あ》うことで掲示板は盛り上がるわけだ。

中にはそういう噂話だけでなく、社会問題を題材にしたものや、ゲームの攻略、病気についてなど、千差万別《せんさばんべつ》のスレッドが立つ。

パソコンのユーザーであればたいてい、みずから書き込みはしないまでも、こういった匿名掲示板をのぞいて暇つぶしをすることはあるだろう。

「へぇ、都市伝説か」

僕はもぞもぞと姿勢を変え、蒲生のメガネ顔を見つめた。

中肉中背の蒲生は、補助シートの上で人の良さそうな顔を意味深《いみしん》に微笑《ほほえ》ませている。

バスの中はメインの照明が落とされて、オレンジ色っぽい補助照明だけが灯《とも》っていた。トンネルの中にいるような気配《けはい》が、確かにちょっと不気味《ぶきみ》な雰囲気を演出している。

都市伝説と言えば、古くは口裂け女や人面犬《じんめんけん》、新しいところでは携帯電話をネタにした話まで、現代版の怪談は僕も多く知っている。

オカルトネタや怪談は、ドンと来いと言うほどではないけれど、嫌いでもない。

ただ、掲示板で話題になる都市伝説は、みんなが食いつく分、割とよくできたネタが多いので、こういう物語を捏造《ねつぞう》するにも才能がいるなぁと、僕など感心することもあったから、プロの編集である蒲生が〝読みふける〟ほどなら、かなりよい出来なのではと期待できる。

「面白《おもしろ》そうだね、どんなネタになっているんだい？」

「かなり怖いですよぉ、僕なんて来る前に見てしまって、失敗したと思ったくらいです」

「へぇ、知りたいな。教えてくれよ」

「いいですよ。びびらないでくださいね」

蒲生は面白そうにニヤリと笑い、話題の都市伝説を語りだした。

――スレッド名『鬼首峠』
N県鬼首峠で実際に起こった事件です。
事件は些細《ささい》な、毎年あちこちの雪山で起こっている遭難事故が元になっていますから、鬼首峠、と言ったところで、県外の人はピンと来ないかもしれません。

でも土地の人間や、あの年の遭難事故の概要を聞けば、事件が本当に起こったことだということはわかってもらえると思います。


鬼首峠の積雪量が記録的だった年の事件です。

ある一組のカップルが、遭難寸前で鬼首峠の茶屋に辿《たど》り着《つ》きました。

鬼首峠にはスキー場はありません。けれど隣のHスキー場に隣接しているため、迷うスキー客は大勢いました。

遭難しかかったスキー客が、鬼首から隣のH町まで戻るために、わざわざ下山しなければならないようことは、毎年何件もありました。

でもその年の雪は、異常でした。


雪に埋まる鬼首峠の茶屋は、スキーシーズン以外は営業していますが、もちろん遭難時には閉鎖《へいさ》されていました。

決して大きな茶屋ではありません。山歩きする人たちの休憩所として、甘酒が振舞われる程度の小さな茶屋です。

カップルはそれでも、雪の中でなんとか茶屋に辿り着いたとき、これで助かると信じたそうです。

緊急用の電話や、暖を取るための設備が、何かしらあると思ったからです。

けれど茶屋は遭難者のための避難小屋ではなかったので、火を起こすような道具はもちろんなく、悪戯《いたずら》を危惧《きぐ》した茶屋の持ち主によって、食料や水の類《たぐい》もいっさい残されてはいなかったんだそうです。

あったのは台所用品の包丁など、わずかだったそうです。

意を決してもう一度茶屋を出て、山を降りる体力は二人に残っていませんでした。

行ってみるとわかりますが、なにしろ小さな茶屋です。一度外に出たら、視界ゼロの吹雪《ふぶき》の中ですから、同じ場所に戻ってこられるかどうかさえ怪《あや》しいでしょう。

小さな茶屋の中は、男性が侵入のために窓のガラスを壊したおかげで、アッと言う間におもてと同じ冷気で満たされました。

冬山の冷気が人間の脳を狂わせるのは有名ですよね。

日本映画の『八甲田山《はっこうださん》』でも、狂気に陥った兵士の無残な死に様《ざま》が描かれていると聞きます。

先に亡くなったのは、体力の少ない女性の方でした。

男性は、恋人の死を憐《あわ》れみ、嘆いたそうですが、生存本能が脳の危険な部分に働きかけたんだと思います。

〃そうすれば生き残れる〃という確信のもとに、彼は死んだばかりの恋人の体を包丁で真ん中から裂いて温かな内臓で暖を取り、女の肉皮にくるまって冷気を避けたそうです。

男性が安堵《あんど》して眠りかけたとき、耳元で囁く声がしたそうです。


『わたしの肉、あったかい？』

それは今男性がくるまっている肉皮の主である彼女の声でした。


女性が幽霊《ゆうれい》となったわけではなく、そういうことは現実にあるのだそうです。

つまり彼女は意識が無くなっていただけで、男性がもう死んだと思い込んでいただけだったのです。

ただ寒さで感覚が麻痺《まひ》して、体を裂かれる苦痛も感じずにいただけなんです。


この話は、救助に向かった隊員が、発狂した男性を見つけて確認したので事実なんです。

女性は発見時虫の息だったそうですが、確かに生きていたそうです。

その後の話や、この事故の詳細は、人道的な問題からか、マスコミにも隠されました。

〃鬼首峠の腹裂き女〃と呼ばれて、地元では密《ひそ》かに騒がれました。

鬼首峠で本当に起こった事件です——。


「怖いね……」

「怖いでしょう？」

ただでさえ寒さでゾクゾクしていた僕は、窓際で寝ていた恋人がモゾモゾと動いたので思わずちょっとした悲鳴をあげた。

それほど大きな声ではなかったはずだが、なにしろシンと静まっていた車内だったので、周辺で数人が起きる気配がする。

「んん、起きてたの？　天音」

「ごめん、起こしちゃって」

謝ると、僕の恋人、浮名聖《うきなひじり》は、ニコリと微笑して毛布の中から手を伸ばし、僕の太ももを優しく撫でた。

「雪女《ゆきおんな》でも出ましたか？　天音センセイ」

「……いいえ、グッスリおやすみになっててください。ずっと、グッスリと、いつまでも、好きなだけ」

後ろの席からニョッと首が出てきて、嫌々《いやいや》見上げると、7テレビの敏腕らしいプロデューサー、桑名晋平《くわなしんぺい》が、髭面《ひげづら》で目をショボショボさせている。

前に南国旅行した時もそうだったように、なぜか今回もついてきて、おまけに妻子をきっちり置いて来ている。

彼の奥さんは、あの姫田貴美香《ひめたきみか》だ。

元グラビア・アイドルの、アノ、貴美香チャンなのである。

もしも貴美香と結婚したのが僕だったら、あの愛らしい女性を残して、どうして旅行になんか行けるだろう。

まして今彼女は桑名の子を出産し、子育て休業中なのである。

こんな髭面のスチャラカ男と結婚しただけでもマイナスイメージなのに、更に髭子《ひげこ》を産むなんて、ファンとして納得できないっ。

嫉妬《しっと》と羨望《せんぼう》で、僕は桑名にはどうしてもいい感情を持てない。

「なんの話してたの？　大《だい》ちゃん」

蒲生の向こう側でも、起きてしまった女性が首を出していた。

「ああ、すみません、神谷《かみや》さんまで起こしてしまって」

「あら、いいんですよ、宮古先生」

蒲生の向こう側にいたのは、口元に笑い皺《じわ》がにじんだ中年女性である。

蒲生と同じ曳航社の、本格推理小説編集部の編集、神谷沙織《かみやさおり》だ。

ハキハキと答える口調は大らかだが、気の強そうな雰囲気や、仕事を持つ女性にありがちな自己主張の圧迫感が、僕にはちょっと苦手なタイプである。

「いやぁ、鬼首峠ネタの都市伝説の話をしてたんです」

蒲生がばつが悪そうに答えると、突然神谷さんの目が爛々《らんらん》と輝きだした。

「あらっ、あれはネタじゃないわよ。本当にあった話なんだから」

「なんの話です？」

よせばいいのに女なら誰でもいい桑名が水を向けたので、今度は神谷さんが〝鬼首村の腹裂き女〟の話を再び始めた。

怖い話大嫌いの浮名が聞きたくなさそうにしているのに、身振り手振り、神谷さんが女優の迫真さで語り終える頃には、僕は改めて背筋がゾクゾクとなっていた。

風邪《かぜ》をひく前兆なのかもしれない。

青ざめた浮名の手は、毛布の中で僕の手を握ったままである。

「これを元に、聖先生にぜひ脚本を書き下ろしていただいて、桑名先生にプロデュースしていただけたら、我が社としても素敵な企画になるんですけども」

「…………」

神谷さんの言葉に、浮名も桑名も色よい言葉は返さなかった。

メディアではヒットメイカーの桑名と、ベストセラー作家の浮名のコンビに、曳航社提供の映画を一本、というわけだ。

映画も売れ、原作本も売れれば、確かに美味《おい》しい話だ。

結局それか、と、僕は吐息して視線をそらし、窓の外の豪雪を眺めた。

寡作《かさく》のうえ、売れない作品しか発表できない僕には、まったく縁のない世界である。

窓際にすわった浮名の美しい顔越しの雪は、気色の悪い猟奇的《りょうきてき》な都市伝説を冷え冷えと彩る、大自然の無慈悲な色をしていた。


僕の名前は宮古天音。

もしこの名前を聞いてピンときた人がいるなら、その人には大感謝してしまうほど地味《じみ》な推理小説作家である。

しかし今や〝作家〟という天職ともサヨナラしなきゃならないのでは、というくらいの、未曾有《みぞう》のスランプが僕を襲っていた。

こういった作業に縁のない人は、机に向かってキーボードを前にすれば、スラスラスラっと文字が出てくるんじゃないかと思っている人もいる。

それとは逆に、作家という人種は原稿用紙を前に、いつも生死の境にいるみたいな表情で思いつめた文章を書いては消し、書いては消しするものだと思っている人もいる。

そういう作家がいないとは言わないけど……。

というか、前者のタイプを僕はとても身近に知っているし……。

僕はどちらかというと、物語の核《かく》となる構成がうまくいきさえすればあとは勢いで頑張れるタイプの作家だ。

迷いに迷うのは、実はプロットと呼ばれる、物語の骨格作りにすぎない下準備の作業中である。

いくら骨格作りで試行錯誤したとしても、この過程ではお金ももらえないし、評価もされないのだ。

小説は読者に読ませてこその世界だから、そこに至るまでの道のりでいかに苦労しようと、努力しようと、できあがった作品で読者を満足させられなければなんの意味もない。

でも、そこを乗り切ればなんとかなる。

骨格さえできあがれば、あとは肉付けだ。

僕はこの作業が大好きだったから、プロットができれば苦労することはない。

ところがここ数ヶ月、満足のいくプロットができあがらない。

僕は陸で溺《おぼ》れる魚のように、満足な息継《いきつ》ぎができずに苦しんでいた。

こういった仕事と縁のない人だって聞いたことはあるだろう、重度のスランプに陥っているわけだ。

まだまだ未熟なひよっこがスランプに陥るなんて生意気だ、という自覚もある。

学生時代にデビューして以来、順風満帆《じゅんぷうまんぱん》だったときなんてないし、〝売れっ子〟と呼ばれたことなんてただの一度もないし、もちろん映画にしてもらったり、チヤホヤしてもらったり、モテたりしたこともただの一度も……。

と、こんな風にツラツラ考えているうちに、僕は今まで味わったことのない長期間に渡るスランプに陥ったわけだ。

スランプは風邪と違って原因なんてめったにあるものではない。

なんとなく、気付いたら書けなくなってた、というのがスランプの正体だったりするんだけど、今回は、実はちょっとばかり自分でも原因に想像がついてしまっていたりした。

前述した、机に向かえばスラスラの作家、その存在が、思っていたよりずっと僕の仕事にとって目障《めざわ》りになっていたのである。

——彼の名前は〝浮名聖〟。

こちらの名前は聞けば大抵の人が『ああっ、あの浮名聖ね』と言うだろう。

本名は樋尻浮名《ひじりうきな》、僕の同性の恋人であり、シャレじゃないけど、同棲している。

一つ年上の僕と違って超のつく有名ミステリー作家で、その作品はテレビドラマ化や映画化もされて、彼自身も有名人になった。

なにしろ浮名という男は非の打ち所のないハンサムで、長身に上品な身のこなしがつけば、魅力という分野ではほとんど他の追随を許さない色男でもあるのだ。

そんな男をなぜか恋人に持った僕ときたら、彼と違って大酒飲みの、気ばかり強い二流作家なのである。

自分で言ってて落ち込むプロフィールだが……。

同棲するようになって浮名の旺盛《おうせい》な仕事振りを見せ付けられ、僕はいかに自分が遅筆で不器用な作家なのか思い知った。

同じジャンルの作家とは思えない勢いでアイディアを編み出し、アイディアなんて浮かばないよと言いながらも、きっちりと〆切を守って原稿をあげている。

そうして作り出された数々の作品の出来もまた、僕にショックを与えるには充分のすばらしさだった。

最愛の恋人、という立場でなかったら、僕は嫉妬と羨望で彼を呪い殺そうとしていたかもしれない。

それほど僕らはかけ離れていた。

そんな僕のスランプを、もっとも心配してくれたのは、担当である編集者たちだったが、中でも曳航社の蒲生は長い付き合いでもあるし親身になってくれた。

気分転換しましょうよ、と誘ってくれたのが、今回のN県鬼首村のスキーロッジへの招待だった。

早く仕事をしなければならないとわかっている僕は、とてもスキーなんてしたい気分ではなかったし、とにかく旅行と聞くと嫌な予感があった。

浮名とこういう関係になってから出かけた旅行先では、必ずと言っていいほど殺人事件に巻き込まれてきたからである。

正直僕は慣れてきて、旅行ってそういうもの、と思いつつもあるけど、そんな感覚はどう考えても馬鹿げてる。

旅先では殺人事件、なんてさ……。

でも、それでもなお、家にこもっていてもいいことはないと、わかっていた。

こもっていれば浮名と顔を合わせることになる。

浮名はこんな僕を溺愛《できあい》してくれているから、スランプに陥ってウジウジしている僕を放置してはくれない。

『もういいから放っておけよ』と怒鳴《どな》るその言葉の裏で、『そばにいて何も心配いらないと言ってくれ』と泣いているのを知っているからだ。

浮名が憎らしくて仕方ないのに、やっぱりどうしても愛していて、僕は彼から離れられなかったし、どこにも行って欲しくなかった。

それで僕は思い切って、浮名と一緒に今回の招待に乗っかることにした、のだが……。

いつの間にか7テレビの敏腕ディレクター、桑名晋平もついてくることになっていたのは、僕にはさっぱりなぜだかわからないっ！


駐車場に停まったバスから降りてロッジに向かうほんのわずかな距離だけで、僕らは体の芯から縮み上がるような寒さを味わった。

寒さというのは体だけでなく、心までも冷やすもので、頼りなく居心地の悪いものだ。

どこまでも逃げ出したくなるような感覚というのは、だらっとなってしまう猛暑とは違った悲壮感のようなものを彷彿とさせる。

まぁ、そんな感覚を持つのは、僕が日本人であるせいなのかもしれない。

あるいはバスの中で、あの気味の悪い都市伝説を聞いたせいだろうか。

ほんの少し前を歩いているはずの人間の背中が、見る間に白く染まっていく世界というのは、なるほど、あの都市伝説の舞台にふさわしい。

辿り着いた〝スノウロッジ・ミヤケ〟は、ホテルと言うにはこぢんまりとしていたが、かなり立派な造りだった。

雪と木々に囲まれた外観は、いかにも雪山のスキーロッジといった雰囲気で、ほんのりと金色の光でライトアップされている演出が、やっと辿り着いたという安堵感《あんどかん》を高めてくれた。

オーナーの三宅《みやけ》氏は恰幅《かっぷく》のいい、まるでサンタクロースのような紳士で、深夜に到着したにも関わらず、にぎやかな客人らを明るく歓迎してくれた。

従業員の人々も、決して多くはないがテキパキと働いて、僕らはそれぞれアッと言う間に、部屋割りをしてもらった部屋で休むことができた。

渋滞した高速道路、深夜の雪道の行軍《こうぐん》と、疲れていた身には迅速《じんそく》さがありがたい。

窓の外はシンシンと降り続く雪。

真っ暗な中で降り続く白い靄《もや》のような雪は、東京で生まれ育った僕には幻想的で現実離れして見える。

怖いけれど美しい。それは自然に対するごく当然の感覚だ。

だが実際におもてにいたときは、美しいなんて感じる余裕は微塵《みじん》もなかった。

あんなに寒かったおもてと比べて、ロッジの室内は泣けるほど暖かい。

極寒《ごっかん》に置かれると、いかにぬくもりが重要なものかわかるなぁと、分厚い防寒ガラスの窓の外を見つめ、僕は暖房の存在に感謝した。

「天音、風呂《ふろ》」

「うん」

のんびりとした同室の浮名の声がかけられて、僕は振り返る。

ロッジの室内はどことなく女性的な、優しくて柔らかな雰囲気が漂っていた。

木組みの天井は高く、壁は白木で覆われている。

家具は北欧のものらしく、ベッドを覆ったリネン類は、清潔でフカフカしていて、今にも飛び込んで何も考えずに寝息を立てたくなる。

比較的大きな室内の一角には、書斎《しょさい》のコーナーが設けられており、ブロードバンドの設備も完璧だった。

この部屋だけの設備ではあるまい。

さっき部屋に上がる時、編集の多くが通常の携帯電話が圏外であることに悲鳴をあげていたが、オーナーは、各室ネットワーク完備なので、それで勘弁《かんべん》して欲しいと言っていた。

僕としては編集たちがこんなところまで来てケータイをガンガン使っているところを見たくなかったから、逆に大変ありがたいことだと思える。

蒲生がここを勧めてくれて、本当に良かった。

ここなら落ち着いて、家にいるときと違う気分で仕事に向き合えるだろう。

いや、仕事は置いておいたとしても、気分は全然変えられるに違いない。

檜《ひのき》の匂いがほのかに香るバスルームに入ると、浮名がバスタブに入れてくれた湯のおかげで、蒸気《じょうき》がホカホカと漂っていた。

さっさと服を脱いでも、拝みたくなるほど暖かで、寒さなんてこの世にあったのかという晴れ晴れした気分になった。

シャワーを浴びてバスタブに飛び込むと、浮名が無言で入ってきて、同じようにシャワーブースで頭と体を洗い出す。

もうもうとした湯気《ゆげ》の中で詳細は見えないけれど、彼の象牙色《ぞうげいろ》した肌が、泡に包まれていくのを見るのはなかなか楽しい。

自分のように年相応のノーマルな肉体はともかくとして、浮名の芸術的な肉体は、やはり明るい場所での鑑賞に値すると思う。

時折彼の体に触れたであろう数多くの女性のことを考える。

彼の男性的な部分に触れたり、あるいは愛情をもって体を結んだ部分のことを考える。

強烈な嫉妬や、やるせない悲しみが、僕を襲ってどうしようもなくなる時がある。

考えたって過去は取り戻せないとわかっているのに、それでもやっぱり考えてしまう。

僕は女性ではなく、女性的な要素もあまりない。

女々《めめ》しいな、と思うことはあるけれど、どちらかというとそういう繊細な部分は、僕よりは浮名の方が強く持っている。

彼のそういう繊細な部分を守りたかったり、誰より理解してあげたいという感覚は、きっと恋人同士ならお互い様なのだろうけど。

暖かな湯船に浸かって、何も不安なんて感じる必要もないほど浮名の愛情を感じているのに、それでも不安が押し寄せる。

形にならない、どうしようもなく薄暗い疑問と不安が……。

「天音？」

ブースから出てきた浮名が、微笑んで同じバスタブに入ろうとした。

いつもだったら恥ずかしかったり邪魔《じゃま》だったりなので、自分はあがってしまうか、浮名を追い出すかしている場面だ。

「……ん……」

僕は膝を抱《かか》え、浮名が入るスペースを空けてやった。

一緒に入っていいのかと、浮名は本気で驚いた顔で、それでもウキウキしながら空いたスペースに潜り込んできた。

「へぇ、めずらしい」

満ちていた湯があふれ、ザブザブという音がすぐに静まると、僕は転身して浮名に背中を預ける格好《かっこう》になる。

「どうしたの？」

そんな風にして甘えることなんてめったにないものだから、浮名はいっそ不審気に問うた。

確かにいつもだったら恥ずかしくて、こんな姿勢は絶対できないし、明るい場所で一緒に風呂に入るなんて、家ではありえなかったことである。

「明日スキーに行きたいなら……」

「それはいいよ、別にこんなに寒い場所で外に行きたいとは思ってないから」

どうやら甘えて約束をナシにしようとしていると思われたらしい。

僕はみなまで言わせず、即座に否定した。

約束——。

それは旅行前に浮名と交わした、小さな取り決めだ。

旅行先であまりにも殺人事件と遭遇するうえ、余計な首を突っ込んでは危ない目に遭うので、浮名は僕に戒厳令《かいげんれい》を敷《し》いたのだ。

つまり、今回旅行に出かけても、宿泊地からおもてには出ないという約束である。

おもてに出なければ事件と遭遇する確率はぐんと減るし、犯人にへたに迫って危ない目に遭うこともなくなるはずだからだ。

まぁ、全部殺人事件が起こる前提での話だから、それもナニではあるんだけど……。

とにかく単独で行動するなというのが浮名の指示だった。

「……天音、疲れてるだろ？」

「うん」

頷いた返事とは裏腹、僕の手は腹にまわった浮名の手を、性の中心に導いている。

湯の中で、浮名の手指が優しく淫猥《いんわい》に性器をなぶりだした。

「いいの？」

「……ううん」

否定して首を振りながらも、僕は手を離さない。

腰の下で、浮名の男性も主張を始めているのがわかった。

浮名の唇が、もはや言葉を紡《つむ》がずに首筋に降りて愛撫を始める。

熱い舌の感触が、背筋に甘い痺《しび》れを走らせた。

彼の愛してきたすべてのものを超える存在になりたかった。

どんなものも、生きているものも、死んでいるものも、すべてのものの及ばない、強い愛情で支配されたかった。

浮名がいなかったら、僕にはもう、生きている意味も価値もない。

「浮名……」

泣きたい想いで名前を呼ぶ。

彼は仕事のことは何も言わない。

言えば僕がキレることはわかっているから、何も言わない。

その優しさが、よけいに僕を傷つけていることも知っている。

僕らはお互い、同業者である部分で傷つけ合っていることを知っていた。

それでも離れられない。

愛していた。

自分以上に……。

「あ、んぅ」

腰を押されて、僕はバスタブの縁を摑んで上半身を起こす。

尻の間を探《さぐ》られて、呻《うめ》いて求めると、淫《みだ》らな睦言《むつごと》がささやかれて赤面する。

僕はわずかに理性を取り戻し、ベッドで続きをすることを進言した。

恋人はいつものように僕の欲望を優先して、ふかふかのベッドで続きをしてくれた。

◆◆◆◆◆◆

翌日の天気は大快晴だった。

あれほどの雪が一夜でやむというのも驚きだったが、冬の山の天気というのは当てにならないのが常である。

さっきまで晴れていた山が、突然猛吹雪に襲われる、なんて話は、それこそ世界中で山のように聞くものだ。

僕はもともとアウトドアスポーツに興味のあるタイプでもないし、スキーやスノボに耽溺《たんでき》しているわけでもないから、ツアーの目的である、鬼首峠を越えた先にあるHスキー場ゲレンデに行くつもりはなかった。

寒いとか、きついとか、そういう場所よりは、ぬくぬくとあったかいところで、猫みたいにぼんやりしている方がいい。

ジジむさいと言われそうだが、とにかくそうしてじっとしていることが浮名との約束でもあるわけだし、ぼんやりと何も考えず気晴らしすることも、僕の仕事のうちである。

ロッジに集まった曳航社の編集や、その関係者たちを含む団体の中には若き女性も含まれる。そうでなくともスキー場はナンパ天国だ。

浮名が一人で滑《すべ》りに行く気満々だったのが、僕はちょっと、いやかなり気に入らなかったけど、だからって二人で悶々《もんもん》と部屋に閉じこもっていたいとは思わない。

早い時間の朝食後、わいわいとみんなしてバスに乗り込むのを、僕はブルブル震えながら見送って、さっさと部屋に閉じこもった。

オーナー夫人である三宅千代子《みやけちよこ》さんが、ポットにココアを用意してくれたが、これは普段は辛党の僕もおかわりを求めたくなるほど濃厚な美味しさだった。

晴れた窓の外は、雪の反射もあって美しく、部屋中が光でいっぱいになるのがなんとも言えず嬉しい。

書斎コーナーのマホガニーデスクは、慣れた自宅の仕事机と比べても充分使い勝手のいいものである。

持って来たノートパソコンをかたわらに、備え付けのデスクトップを開くと、こちらもきっちり最新型のウインドウズが入っていて、ネット環境も快適だった。

ノートパソコンの方でメールチェックをしてから、知人や心配しているよその編集宛に、ロッジがなかなか快適だということを報告する。

送受信をすべて終えてから、僕はロッジのネットワークを使って、気になっていた匿名《とくめい》掲示板のチェックを始めた。

蒲生の言っていた、あの都市伝説にまつわる掲示板を見てみたかったのである。

オカルト関連の掲示板を巡っていると、すぐに目的のスレッドが目に入った。

〝鬼首〟、という文字のインパクトは、耳で聞くよりもやはり大きい。

そのスレッドは、すでに過去ログという形で個人のホームページ内にしまわれていたが、蒲生から聞いたときよりも、掲示板の形で読んだ方が恐怖感は大きかった。

特にドキッとしたのは、この都市伝説がやはり本当にあった遭難事故が題材になっていると、確かな証明がされている点だった。

この手の掲示板はたいてい赤裸々《せきらら》な言葉でつづられていて、その真偽が問われるが、闇雲《やみくも》に疑って否定的な意見を書く人ばかりでなく、別の観点から事実を検証しようとする人も生まれるものだ。

〝鬼首峠〟スレッドにも、例外なく遭難事故の真実を追った人が現れている。

鬼首峠の茶屋が、春の間に撮影された写真もあった。

きれいな緑の景色が、今の季節からすると嘘のようだ。

茶屋は木造で小さく、想像以上にちゃちな造りである。

この茶屋に寒さから逃れるだけの装備はなさそうだし、どう見ても風避けになる程度の存在にしか見えない。

中にはそんな写真さえも『ネタじゃないか』と否定する人もいたが、ホームページには当時の遭難事故の様子がニュースになった有名新聞社のネット掲載記事も転載されていた。

――事故は二年前の十二月に起こっている。

東京都在住の男性会社員、百目木《どうめき》道弘《みちひろ》、二十二歳と、会社同僚で交際中だった羽野《はの》祥子《しょうこ》、二十三歳が、スキー旅行中、鬼首峠で遭難している。

二人は鬼首村のペンションに宿泊し、Hスキー場でスキーを楽しんでいたが、天候が悪化して鬼首峠に迷い込み、閉鎖中の茶屋に避難したものの、祥子さんの方は体力低下がもとで凍死、百目木も凍傷などによる事故の後遺症を負った、とある。

ニュース自体は小さい。

だが伝説の元になった事故が現実にあったとなると、そこは憶測が飛び交う。

掲示板の書き込み数は短期間でうなぎのぼりになっていた。

一時は落ち着いたように見えても、新情報が現れるたび、熱が再燃してうなされたようにして書き込みは増える。

後半にいくに従い、書き込みの内容はホラー色を濃くしていった。

中には腹を裂かれても人は生きていられると、過去の事例を持ち出して伝説を事実とする輩《やから》もいたし、度のすぎたお調子者が、生き残った当事者にとって不愉快な内容の書き込みをしていたりもする。

僕は見なかったが、残酷な人体損壊《じんたいそんかい》写真に飛ぶようにしてアドレスを貼ったりしてある箇所もあった。

興味をもって飛んでしまった人が、上のアドレスはグロ映像なので踏まないように、と警告している。

仕事のことも忘れて、僕は昼過ぎまでこの掲示板にはまりこんでしまった。

いつの間にかココアは空っぽになって、空腹が時間を教えてくれる。

時計を見ると一時をまわっていた。

僕はその時になってようやく、浮名はどうしているだろうかと思った。

「本当にすぐですから」

という言葉を、全員が真《ま》に受けたわけではなかった。

だがそれでも少なくとも、〝すぐ〟に近い距離であることは誰もが疑わなかっただろう。

嘘《うそ》をつく必要などないならば。

「遠いとは言わないが、こりゃ結構しんどいなぁ」

「……そうだな……」

途中で愚痴《ぐち》られた浮名は、軽く頷くにとどめた。

タフな桑名がこれなのだから、女性陣はさぞやと見やると、荒い息を継ぎながらも全員が口々に噂話を口にしている。

噂話のネタは、例の気味の悪い都市伝説だ。

そんな話が現実にあったはずがないのに、あるかもしれない、という奇妙な期待をもって女性たちは会話している。

「この手のネタは女の方が好きなのさ」

浮名の表情を見て取り、桑名が苦笑して言った。

◆◆◆◆◆◆

髭に濃い色のサングラスが眩《まぶ》しい陽光を反射してテカテカと輝いている。

三十八歳だから、もう青年とは言い難《いがた》い彼だったが、洒落《しゃれ》っ気《け》があってスマートな風貌だから、既婚者だと知っても近づく女性は跡を絶たない。

実際のところ浮気もしているんだろうな、と浮名は思う。

キャバクラのオネーチャンとかに異常にモテるタイプだったし、そうでなくても業界の売れっ子でさえ、桑名とだったら不倫でもかまわないという声は聞く。

確かに艶《つや》っぽい話の似合う男だったし、根無し草の雰囲気が漂う桑名には、そういった色事での醜聞《しゅうぶん》の方が、子育てがどうしたとかいう世知辛《せちがら》い話よりは合っている。

自分も昔は、恋愛を遊戯《ゆうぎ》に近い感覚で愉《たの》しんでいた事実があることは否定できなかった。

そういう意味では、泣かせた女性もいただろう。本気で苦しんでいた相手もいたかもしれない。

何故《なぜ》ならどれだけ迫られても、浮名は決して本気にはなれなかったからである。

天音とこうなるまでは、それがどうしてだか自覚していなかった。

ただ生まれもっての性質で、恋愛には本気になれないんだろうと思っていた。

誰かに縛られて一生添《そ》い遂《と》げるのも、子供と一緒に楽しい一家をつくるなんていうのも、浮名の夢でも理想でもなかったから、別にそのことで懊悩《おうのう》したりはしなかった。

今は違う。

自分はもう、本命以外と何をどうこうする気はいっさいなかったから、桑名の理解者とは言い難いかもしれない。

天音がそばにいてくれて、一緒に生きてくれている。

明日死ぬかもしれないような事態に何度も出遭ったからこそ、浮名は天音とだけは素直にずっとそばにいたいと思っていた。

もしもくだらない浮気相手に気をそらしている間に何かあってそばにいられなかったら、後悔してもしたりないだろう。

桑名が貴美香に対してそういう気持ちになれないのだとしても、それはそれぞれの愛の形があるだろうから、口を挟むことではない。

浮気に関しては貴美香は容認しないだろうが、今のところ発覚はしていないようだ。

それとも実際には浮気していないのだろうか。

もしそうだとしたら、ちょっと見直すのだが、嘘をつくのは桑名の専売特許と言われている。

天音は桑名のことを、貴美香のファン、ということもあって毛嫌いしているが、浮名がいつも、『そんなに悪い奴じゃないよ』と言い切れないのは、ここらへんの事実があるからである。

浮名は勝手な想像をしながら、重くなる足の疲労を忘れようとした。

「飛び散る血とか、残された恋人とか、聞きかじっただけでも夢中になるもんなんだよ」

桑名がなお解説して、ついてくる女の子たちに『ねぇ』と笑いかけている。

「……単語だけ聞いてると、確かにちょっとロマンチックだけどな」

「ええっ、そうでしょう！」

声を潜《ひそ》めていたにも拘わらず、前方を歩いていた曳航社の女性編集者、神谷沙織がクルリと振り返る。

雪の中の突然の行軍は、すべて彼女のせいだった。

「浮名先生ならそうおっしゃられると思っていました。この鬼首峠の都市伝説を、ロマンティックなものに仕上げてくださると信じています」

「……そうですか？」

単語だけを切り取ればきれいに思えても、現実だと思って考えると、とても自分に向いている内容とは思えない。

想像の中ではいくら死人が出ようと、血飛沫《ちしぶき》が飛び散ろうと気にならない浮名だったが、現実に苦痛を感じた人がいるとなると、同情が高じてしまって、とても作品のネタにするどころではなくなってしまう。

自分はノンフィクションには向いていないのだ。

そういう点では、つくづく天音はタフだと思った。

リアリティを追求した描写や、背後の設定、緻密《ちみつ》な計算によって彩られた作品の世界観は、あまりにも繊細で重厚で、一冊読みきるだけで人生を一つ体験したような心地《ここち》にさせられる。

まさに王道の小説、本格推理の美味を味わうための作家を探しているならば、迷わず宮古天音を推薦できる。

「浮名先生が脚本、桑名先生がプロデュース、映画化して、いまが旬の俳優さんと女優さんにオファーすれば、各方面にヒット間違いなしですし、素晴らしい企画になると思いますわ」

取らぬ狸《たぬき》のなんとやら、神谷は目を爛々と輝かせて二人を見やった。

スキー場から、峰を二つほど越えると鬼首峠である。

上級者コースをはずれ、春にはハイキングコースになると思われる山道のあたりは、当然すべて雪で覆われてしまっている。

スキーに夢中になっていたら、自分が峠を越えていることには気付きにくそうだった。

これで吹雪いてきたら、どこを歩いているか感覚的にわからなくなるのは間違いない。

七合目のレストランで昼食を取っているときに、神谷が浮名たちに対して積極的に、鬼首峠の茶屋に行かないかと誘った。

その時のメンバーは浮名と桑名を含む、現地で一緒に滑っていた——つまるところナンパした——三人の女子大生たちだった。

神谷のほとんど強引とも取れる積極的な態度に、雰囲気が悪くなることを何より恐れる浮名は退《ひ》くこともできず、神谷の『すぐそこ』という言葉を信じて出てきてしまった。

しかし一応道ができているとは言え、本来頻繁《ひんぱん》に行き来する場所ではない。

歩きにくいスキー靴で十分も峠を移動すれば、泣き言も言いたくなるというものだ。

女子大生たちは、道中おもしろおかしく説明した桑名の〝鬼首峠都市伝説〟をキャーキャー言いながら聞いて、今も楽しそうにしている。

「あ、あそこですよ」

「へえ」

神谷が指差すと、一行の足取りは軽くなった。

戻ることを考えると憂鬱《ゆううつ》にもなったが、行きよりははるかに楽な道のりに思える。

「ずいぶん小さいですね」

「ええ、それでも遭難した人からしたら、あそこに入ればきっと助かると思える場所に見えたと思います」

「………」

吹雪で方向感覚を失っていたのだろう。そうでなければHスキー場への道のりは、決して遠くはない。

もっとも散々歩き回って体力のなくなったころに茶屋を見つければ、戻ることよりも休むことを考えるのが心理なのかもしれなかった。

粗末《そまつ》な屋根が朽ち果てそうな茶屋は、こぢんまりとした小さな木製の建物で、寒さをしのぐには頼りなさげである。

軒下《のきした》には〝甘酒処〟という鉄の看板がかかっていた。

峠はシンと静まって人気はない。

茶屋の裏手は雪の斜面で、雪に覆われた森が沈んでいるように見える。

Hスキー場と反対の方向は、山間のゆるやかなくだり勾配《こうばい》になっていた。

昼間はさんさんと陽光も差し込む場所で、茶屋のおもてには雪に埋もれかけたベンチもあるが、夜はさぞ寂しくなるに違いなかった。

猟奇的な都市伝説の舞台となっているせいだけではなかろう。

殺風景で、人気のない空虚な空間というものは、山の静けさもあいまって、なんとはなしの恐怖をそそるものだ。

「あちらが登山道で、そっちを降りると、鬼首村です」

眺めのいい場所で、神谷は山間を指差して説明する。

「ロケするには、悪くない地形だと思うんですが、いかがでしょうか」

「そうねぇ」

神谷の言葉に桑名が渋い表情で答えた。

浮名はこんなところで仕事の話などしたくなくて、はしゃぐ女の子たちと一緒に、茶屋まで近づいた。

怖くないと言ったら嘘になるが、不思議なことに女の子がそばにいると、強くなろうとして怯《おび》えていられなくなる。

ロッジに残してきた天音のことは気になるが、そばにいない以上、今の自分が何もしてやれないのが現実だった。

そもそも自分たちの仕事は、誰にも、たとえ恋人だとしても、頼ったり甘えてどうにかできるものではない。

心の支えになることはできるが、時にそれが何かを生み出す上での邪魔にもなることを、浮名は自身も作家だからこそ熟知していた。

がんばれ、と言わなくても、天音がどれだけがんばっているか、誰より自分がよく知っているのだ。

「あら、開いてるみたいよ」

戸口にまわった女の子の一人が、木戸が開きかけているのを見つける。

「覗《のぞ》いちゃおうよ、センセイ」

「みんな度胸があるね」

「センセイが一緒だからだもん」

「うまいこと言っちゃって」

左右両方から別々の女の子に腕を引かれ、浮名は優しく笑いながら一緒に歩き出す。

猟奇的な事件が起こったことがただの噂話だとしても、そんな話のある場所に、よくノコノコと行けるものだと感心した。

天音もそうだが、どうしてわざわざ渦中に飛び込もうとする人間がいるのだろう。

人生普通に生きていれば、殺人事件に巻き込まれたり、まして自分が殺されそうになるなんてことは、そうあることではないだろうに……。

「ヒャヤャァアアッ！」

真っ先に戸口を開いた女の子が、暗い茶屋の中になんの気なしに入り込んで悲鳴をあげた。

「ヤッコ？　どうしたのよ」

不審を感じた一同が、慌てて後に続く。

浮名は嫌な予感がしたが、まさかついて行かないわけにもいかなかった。

「キャァアアアア——ッ」

後から入った女の子も悲鳴をあげる。

浮名はかろうじて悲鳴はこらえたが、そのまま女の子たちを放り出し、反転して雪の中に顔を突っ込みたくなった。

「浮名」

後ろからやってきた桑名が、腕を支えて引っ張ってくれるまで、その場から硬直した足が動かない。

「大変だわ……救急車を……警察……を……」

スキーウェアの首にぶら下げていた、鬼首峠では繋がらない携帯電話を探りながら、神谷が上ずった声をもらす。

一行の前には遺体があった。

赤い肉片を光が差し込んだ茶屋の木床の上にバラまいた、一人の女性の事切れた姿があった。

その遺体は都市伝説で述べられた腹裂き女のまま、喉元から下腹部までパックリと裂かれ、周辺に内臓をぶちまけた無残なものだった。

まるで腹の中に男を抱えていたように、暖かなただの肉の洞《ほら》と成り果てていたのである。

2　残された男

遅い昼食を食べて一段落ついた僕は、部屋に午後のお菓子《かし》と紅茶を届けに来てくれた千代子《ちよこ》夫人を引き止めた。

もちろん例の噂話の地元での真相を聞くためだった。

「あらあら」

千代子夫人は口元を覆い、お盆を手にしてもじもじとなった。

旦那《だんな》さんがサンタクロースなら、彼女もふくよかで恰幅《かっぷく》のいい上品なタイプである。色が白く、いかにも寒い地方の女性といった感じがした。

「その話は、ちょっと、ねぇ……」

「こちらの人たちには、話しにくいことだったんですか？」

湯気を立てるポットの中の紅茶を夫人にも勧めて、僕は水を向ける。

あまり気持ちのいい話とは思えないが、遭難事故というだけならば、それほどめずらしいことでもないだろう。

鬼首 峠《おにこべとうげ》が地理的にHスキー場の客にとって不便な位置にあることは、逆に鬼首峠側に滞在する客にとっては穴場として利用しやすいことになる。

Ｈ町はゲレンデのある町として立派な観光地にもなっているから、宿泊料金などもそれなりにかかるだろう。だが、ちょっと峠を越えた鬼首に来てしまえば、多少の手間で料金は格段に下がる。

遭難のイメージはマイナスだが、事故は二年前のことだから、今も鬼首の人たちが外聞をはばかることはあるまい。

むしろ面白《おもしろ》がって訪れた客の存在は、ありがたいと思いそうなものだから、夫人の反応は僕にとって意外だった。

「遭難したのは東京からのスキー客ですよね？　地元の方には関係ないと思ったんですが、問題がありましたか？」

「いえ、問題なんてありませんよ……」

もじもじと固まっていた夫人は本当に言いにくそうにしていたが、しばらくして意を決した様子でソファの向かいに腰掛けた。

「すみません、もったいをつけているようで……。かえって黙っていた方がよくないことになりそうだから、先生にはお話ししておきますね」

「いや、なんだかかえってすみません」

恐縮して頭を下げながらも、僕は話さなくていいとは言えなかった。

地元の人間が躊躇《ちゅうちょ》するような出来事が起こったのだとしたら、それはやはり都市伝説を彷《ほう》彿《ふつ》とさせるようなことなんだろうか。

不謹慎《ふきんしん》かもしれないが、正直ワクワクする気持ちは抑えられない。

「職業柄、変わった話や噂というものに、つい興味が湧いてしまって……」

そっと頬を掻《か》いた僕は、自分の野次馬根性《やじうま》を言い訳する。

「お話を聞いたあとで誰かに迷惑をかけるような真似は決してしませんし、もちろんプライバシーに関わるような問題をベラベラ他言《たごん》したりはしませんので」

「ええ、先生がそんな人だとは、思ってはいないんですよ」

五十代も前半の夫人は微笑《ほほえ》み、優しく頷《うなず》いてくれた。

「私はあんまり怖い本は読まないので失礼ながら知らなかったんですが、主人は読者の一人です。宮古天音《みやこあまね》先生といったら、推理小説の世界では有名な先生だって。お若いのに、本当に素晴らしい才能ですね」

「うわ、ありがとうございます。ご主人にはあとで大感謝を述べておきます」

ペコリと更に深く僕が頭を下げると、夫人はやっと肩の力を抜いてくれたようだった。

「本当に……遠いところにまで、事故の話が知られているんですね」

淡々と切り出した夫人は、落ち着くためにか、自分の淹《い》れた紅茶をゆっくりと口に含む。

「あの事故におかしな点なんてありませんでしたよ、噂されるような事実はなにも……。ただ、事故があったころは、本当にいろいろな噂で大騒ぎになって、傷ついた人のことを考えると、他人様には関係のない話なのに、という意識が、拭《ぬぐ》えなくて」

「……そうでしょうね」

頷きつつも、しかし事故の当事者は夫人ではあるまいにと、僕は少々もどかしい気分を味わう。

「でも真実がわからないままだと、憶測でいくらでも噂は増殖してしまいますからね、難しいところですよね」

「その通りです」

夫人は大きなため息をついた。

「あのころも本当にそうでした。本当のことが歪《ゆが》められて、当事者とは無縁のところで聞きかじりの情報が暴走して、インターネットで事故の噂を聞いたという人が、鬼首村に大挙《たいきょ》して押し寄せてきたり、茶屋に悪戯《いたずら》をして、一般の観光客が警察に連れて行かれたり、シーズンとは関係なく、長い間騒動に翻弄《ほんろう》されました」

「悪戯って、どんなことです」

「……茶屋に壊した人形を置いたりして、人を脅《おど》かすような……」

「ああ、悪趣味ですね」

単純な悪戯だが効果は高いし、ネットで見た噂を検証して肝試《きもだめ》しをする連中を脅かすにはもってこいだろう。

現在はともかくとして、あの〝鬼首村〟のスレッドが立ったタイムリーな時期だったら、茶屋までやってくる物好きはさぞや多かっただろう。

「奥さんは、被害者の方とは面識があったんですか？」

「……生存者の百目木道弘《どうめきみちひろ》君は、学生時代からずっとうちのロッジを利用してくれていたものですから」

「ああ、じゃあ事故当時も……？」

「ええ、そうです」

そこでまた夫人は大きく吐息して肩を落とす。

「あの事故は、羽野祥子《はのしょうこ》ちゃんがみっちゃんと……百目木君と一緒に来て、紹介されてもらった年でした。一目で、二人がとてもいい関係にあるのはわかりましたよ。きっと遠くない将来は結婚することになるんだろうなんて、主人と話して、百目木君も祥子ちゃんも、一番いい時を過ごしているように見えました」

「…………」

仲睦《なかむつ》まじいカップルの健在だったころが目に浮かぶようで、僕の胸も軋《きし》んだ。

たった一日で、思いがけない天候の悪化で、すべてが白魔《はくま》に飲み込まれてしまったのだ。

「あの日は、とてもいい天気だったんです。快晴で……、ほら、ちょうど今日みたいにね。でも経験で、山の天気が変わりやすいことは、もちろん百目木君だって知っていたんです。Hスキー場は、百目木君の庭みたいなものでしたしね。昼ごろから天候が悪化したけれど、私たちは心配してなかったんですよ。百目木君が一緒だったら、きっと大丈夫って」

「羽野祥子さんは、スキーは初心者だったんですか？」

「熟練《じゅくれん》スキーヤーではありませんでした。でも初心者でもありませんでしたね。ただ、Hスキー場は上級者コースがメインですし、とにかく天候の悪化が急でした。短時間で積雪も記録的な量になって……鬼首峠なんて、一面の雪でした。峠の小さな茶屋なんて、埋もれて影も形もなくなっていたと聞いています」

思い出すと苦しいのか、夫人はゆっくりと目を伏せて言葉を重くする。

「遭難事故が起こって、大騒ぎになりました。あの豪雪の中に埋もれてしまって、百目木君が生きていられたのも奇跡的と言われて、彼が目を覚ましたのは、救出から三日もたった後のことでしたし」

「…………」

聞きにくい雰囲気を察しながらも、これを聞かなければ話を聞いたことにならないと、僕は意を決して顔を上げた。

「それで、あの……」

「はい」

「彼が生存していたのは、噂の事実があったからでしょうか？」

「それは……」

と、夫人が肝心の部分を答えようとしたときだった。

突然テーブルの上の内線電話が音を立てて、僕らはドキッと視線を巡らす。

「出ますね」

立ち上がり、僕が受話器を取ると、相手は落ち着いた声音《こわね》の若い男性従業員で、夫人と代わって欲しいとのことだった。

「どうしたのかしら、お客さまのお部屋にわざわざ……」

話していた内容が内容だけに、夫人は不安げな面持《おもも》ちで差し出された受話器を受け取る。

「あら、みっちゃん？」

「!?」

先刻夫人が口走ったあだ名での返しにびっくりした僕が視線をやると、彼女は伏せ目がちにちょっとうつむいた。

百目木道弘……、あの遭難事故で生き残り、噂の中で生き残るためにまだ生きていた恋人の腹を裂いたという渦中《かちゅう》の人物が、今このロッジで働いているというのだろうか。

「えっ？　ええっ!?」

二言三言話を聞いている間に、夫人の顔色は見る見る真《ま》っ青《さお》になった。

「そんな……」

夫人は脱力して首を振りつつも、最後には適当なことを言ってきっちりと受話器を戻した。

「どうしたんですか？」

ただ事ではない雰囲気に、僕は眉間《みけん》に皺《しわ》を寄せる。

嫌な予感がした。

そしてこういう予感というものは、超能力とは無縁のところで、残念ながらまずはずれるということがない。

「鬼首峠の茶屋で……死体が……女性の惨殺《ざんさつ》死体が発見されたそうです」

「え……」

噂の茶屋で、惨殺死体とは……。

「茶屋はまだ実在しているんですね」

「ええ、スキーシーズン以外は普通に営業していましたよ。なにしろ、噂がかえって宣伝になったって、持ち主は喜んでいましたからね」

どうやら茶屋の持ち主とは気が合わないらしい。夫人の言葉は冷たかった。

「死体を発見したのが、うちの宿泊客だったので、警察がこちらにくるそうです」

「ええっ？」

僕はまた嫌な予感がした。

わざわざそういう事件と関わりを持たないために戒厳令《かいげんれい》まで敷《し》かれていたというのに、今度はそちらから出向いてくるというのか。

やっぱりこの〝嫌な予感〟というやつは、当たってしまうのが世の常《つね》というものなのだった。


ロッジの中心は、中二階のある吹き抜けのリビングになっていた。

真ん中に暖炉《だんろ》があって、どっしりとした木材の家具が周囲を取り囲んでいる様子は、カナダあたりにいるような錯覚をさせる。

こぢんまりとしたロッジに見えたが、キャットウォーク状になっている中二階から見下ろすと、なかなかどうして、結構な人数が宿泊できる設備はしっかり整っているのがわかる。

「ああっ、疲れた」

スキーから戻ってきた客の一人が、大きな声を出して暖炉の近くの暖かな椅子《いす》にどっかりと腰掛けた。

まだ二十代になったばかりに見える若者で、四肢《しし》はだらだらと伸びきり、同じように髪も髭《ひげ》もダラダラして見えた。

決して不精《ぶしょう》をしているというわけではなくて、これが最近の〝おしゃれ〟というやつなのだろうけど、僕にはただのだらしないオヤジにしか見えない。

「……すみません」

ついてきた女性が、先に別の椅子に腰掛けていた僕に向かって遠慮がちに頭を下げる。

こちらは青白い顔をして、男より百倍も疲れている様子に見えた。

単純に年が男より上なだけなのかもしれなかったが、それにしてもビクビクしたように見えるのは、耳に入った事件が猟奇的《りょうきてき》な様相を呈《てい》しているらしいと聞き及んでいるせいなのかもしれない。

茶色い髪がまだ濡れていて、暖炉にかざした手は震えていた。

普通の宿泊客は、彼女たちのほかには戻ってきていないようだった。

たぶんほとんどが曳航社《えいこうしゃ》のツアーのメンバーだろうから、他にいたとしても数人だろう。

「おかえりなさい、城田《しろた》君、明里《あかり》ちゃん」

ココアを載せた盆を持って、夫人がやってくる。

「先生、こちら城田誠一《しろたせいいち》君と、カノジョの柴崎明里《しばさきあかり》ちゃんです」

「よろしく。宮古天音《みやこあまね》です」

「よろしくお願いします」

城田は『ちぃす』と頭を下げるにとどまり、明里の方は〝センセイ〟と呼ばれた僕を興味深そうに見つめた。

「センセイって、学校の先生なんですか？」

「いや、違います。一応作家なので」

「うわぁ、すごい」

明里は疲労していた様子から、少し浮上して明るい声を出す。

そうやってはしゃいでみせれば、それなりに若い女性として華やかな雰囲気を持っていることがわかった。

スキー焼けしていて、バッチリメイクをキメた顔立ちは僕の好みではなかったけれど、貴美香《きみか》のように明るくて天然で芯の強いキレイな女の子なんて、そうそういるはずない。

「どんなの書いているんですか？　本買いたいです」

「いや、恥ずかしいから勘弁してください」

そもそも本名とペンネームが同一なんだから、名乗った時点で知られていないことが、僕にとっては充分なダメージ源なのである。

どう見てもこの軽薄を絵に描いたような娘っこが、まともに文字を読むとは思えない、とまで言うのはあきらかに差別だろうか。

「作家って言ったってピンキリだもんねぇ」

後ろから城田が、クスクス笑いを交えて言った。

「ちょっとぉ、そういう言い方はないじゃない、セイちゃん」

「ほんとのこと言っただけ」

明里がたしなめるのに対して、悪びれた風もなくペロリと舌を出す。

どことなく廃《すた》れたような、なんとなくいい加減なムードの漂う青年だ。

西洋風の囲炉裏《いろり》を見つめる目が、標的もなく空中をさ迷っている。

町中でも、どこに行っていいかわからずあたりを見回しているチンピラの危うさが、なんとはなし感じ取れるタイプだ。

「遺体を発見したのって、君たちなの？」

「とんでもないっ」

何気ない僕の問いかけに、明里が過剰《かじょう》に反応する。

「あたしたちはなんにもっ、ねっ」

「俺らは天気が悪くなってきたから戻っただけ。ゲレンデで気味の悪い話も聞いちゃったし、わざわざ峠を回って戻る気になれなかったしね。あちこち封鎖されちゃって、Hスキー場は大混乱よ」

城田が答え、明里がいちいち頷いた。

「城田さん、柴崎さん」

おだやかな声がして、おとなしそうな若者が一人やってくる。

まっすぐな黒髪、茫洋《ぼうよう》とした顔つき。

城田を町のチンピラと表現するなら、こちらは差し詰め田舎《いなか》の青年団だ。

とは言え垢抜《あかぬ》けない、というのとはまたちょっと違っていて、整った顔立ちに涼しげな目元や、長身に清潔な雰囲気は、ただの朴訥《ぼくとつ》な青年にはない色気がある。

「こちらがロッカーのキーです」

「あんがと」

城田が差し出されたロッカーのキーを受け取った。

スキーの板や靴などを、ロッジで管理してくれているのだろう。

「みっちゃん」

厨房《ちゅうぼう》の方から夫人が呼んだ。

青年が頭を下げ、そちらに行く。

僕はもちろんあだ名にピンと来たが、城田も明里も遭難事故のことは知らないのだろう。いや、都市伝説にまでなっている噂のことは知ってはいるだろうが、事故にあった人物の名前からあだ名までは想像がつくまいし、覚えていられるものではない。

僕は恋人を失い、この村に残ることになった百目木道弘の心境がどういうものなのか、想像して不思議な感慨を抱《いだ》く。

まっすぐに伸びた広い背中を見やっても、そこに記されている言葉はもちろんなかった。

にぎやかと言っていい声がして、やがて大勢の人間がロッジにやってきた。

制服の警官も何人かいて、曳航社の編集たちが困惑した顔つきで固まっている。

僕は群《む》れの中で意気消沈している恋人を見つけ、手を上げて招いた。

たとえ落ち込んでいても、顔を伏せていても、浮名《うきな》がこの世で一番カッコよくてきれいで目立つ。

「天音……」

「大丈夫か？　顔色悪い」

人前ということもあったから、僕はできるだけ彼の体に触れないようにしながら優しく声をかける。

本当は抱きしめて慰《なぐさ》めてやりたかった。

彼がどれだけグロテスクなものに弱いかを、僕は熟知している。

死体を発見したのが彼ならば、いますぐ寝込んでもおかしくはない。

「こういうことが起こるのは、全部天音のせいだと思ってたけど、俺も相当のもんだったみたいだよ……」

僕の耳元にささやいた浮名は、長身を隣の椅子にまとめるようにして腰を下ろした。

かたわらで柴崎明里がこちらを見て息を詰めている。

浮名を見れば大抵の女がそうなるのはわかっていたから、僕はあえて無視して紹介もしなかった。

「あの、遺体《いたい》を発見したのって、もしかしたら……」

しかしこちらの拒絶的なムードを無視して、明里は声をかけてくる。

「そうそう、僕らが発見しちゃったんだよねぇ」

いいタイミングで口を挟んでくれたのは、こういう時だけはナイスタイミングの桑名《くわな》だった。

「いやぁ、めったに見られないもの見ちゃったよ」

「……あ、そですか……」

「へぇ」

髭面《ひげづら》オヤジには興味ないのだろう。明里がちょっと辟易《へきえき》とした感じで身を引くと、代わって城田が反応する。

「俺は死体なんて見たことないけど、やっぱキモイものなの？」

「ちょっとぉ、やめなよ、セイちゃん」

「なんでよ、興味あるじゃん」

傍若無人《ぼうじゃくぶじん》なカップルは、周囲の雰囲気を無視して言い合った。

「はいはい、お静かに」

バンバンッと、大きな音がして、僕らは注目を余儀《よぎ》なくされた。

暖炉の前に教師のように立っているのは、ガタイの大きな、いかにもといった様子の若い刑事である。

彼は身分証を提示して全員の視線を集めてから咳払《せきばら》いした。

「N県警の蓮《れん》杖《じょう》です。ええと、ご存知の方もいらっしゃるでしょうが、先ほど鬼首峠の茶屋で女性の遺体が発見されました」

シンと静まったスノウロッジ・ミヤケのリビングには、従業員の人たちと、戻ってきた浮名たち一行、それに城田と明里のカップルのほか、オーナー夫妻の姿がある。

広いと思っていたリビングも、それだけの人数が入るとかなり息苦しい。

物理的な問題もあるかもしれないが、やはりこれは緊張のなせるわざだろう。

「こちらの神谷さんご一行が第一発見者でして、同行していたグループの別の方々は、Hスキー場ホテルの方に宿泊されているとのことですので、そちらでお話をうかがっています」

「俺らは席はずしましょうかぁ？」

城田が挙手して言った。

「事件があったのは聞いてるけど、無関係だし、いろいろ聞いちゃうとまずいんじゃないですかぁ？」

「いえ、同席していてください」

「………」

僕はその言葉に不審を抱《いだ》く。

ここまでの詳細は聞いていないが、それでも事件がどういう性質のものかは、なんとなく想像がついていた。

最初の夫人の言葉からすると、事件は猟奇的な様相を呈しているらしい。

遺体がどんな風だったのかは、もちろん僕には見えないわけだけど、青い顔をしている浮名を見れば、眠るように死んでいたとは言《い》い難《がた》い状況だったのだろう。

だからこそ、無関係の人間に詳細を説明するような事態は避けた方がいいと思うのだ。

「…………」

と、視界の端に悄然《しょうぜん》と佇《たたず》んでいる百目木道弘が入り、なんとなく察しがつく。

警察は彼を疑っているのだろう、彼の犯行ではないかと……。

ということは……あまり想像したくない展開だが、遺体はもしかして噂の都市伝説と同じようにして腹を裂かれていたのだろうか。

「申し訳ありませんが、皆さんそれぞれ自己紹介をお願いします。そのうえで正式な捜査の必要があれば任意同行を求めさせていただきますので」

「ちょっと待ってください」

ずさんに見えて、あまりにも百目木道弘に的《まと》を絞った対応に、なんとなくカチンときた僕は、挙手して立ち上がった。

身長は決して低くないんだけど、僕の外見は多くの人にとって〝おとなしそう〟とか、消極的なイメージを抱かせるものらしく、生意気な発言をすると驚かれる。

ほんと、生まれてこのかた、実際を知る人間に〝おとなしい〟なんて言われたことはただの一度もないのに、なんでそう見えるんだか自分でも不思議でならない。

このときも、蓮杖刑事の態度は、『なんだこの、ちっさいのにうるさいのは』という感じで、ジロリと睨《にら》む目もきついものだった。

「僕は今日ずっとこのロッジにいて、朝方同行者の一行が出かけるときに、駐車場の方に見送りに出ただけです。駐車場はすぐそこで、事件とは無関係だと思うんですが、その言われ方は、なんだか容疑者にされているみたいで不愉快なんですが」

「事件と関係あるかどうかはこちらで判断させてもらうんで、関係があるとかないとか、自分で勝手に決めないようにお願いします」

蓮杖刑事はいかにも邪魔臭《じゃまくさ》そうに言う。

その言い方は、事情聴取を求めた側のものとは思えなかった。

警察がこのロッジに急行したのは間違いなく、事件が百目木道弘の存在を想起させたからだと、たやすく想像がついた。

「ちなみに茶屋に一番近い民家はこのロッジなんですよ」

蓮杖刑事はごつい顎をそらし、鼻息も荒く僕を馬鹿にした。

「このロッジから出なかったと言われても、誰かとずっと一緒にいたんでもない限りは、そちらの言い分で勝手に事件との関連は否定できませんからね」

「しかし刑事さん……いくら近いと言っても、雪の上り坂を、歩きなら一時間は登る必要がありますよ……下るのも含めたら、そう簡単な道のりではありません」

オーナーの三宅《みやけ》氏がおずおずと口を挟む。

「お宅にはスノーモービルがあるでしょうが」

「それはもちろん、ありますが、貸し出しはしていません」

「誰かがこっそり持っていくこともあるでしょう」

「ちゃんと管理していますよ」

「じゃあ管理してる人物が持って行くこともできるでしょう。あなたにも知られずに」

「そんな……決めてかかってるじゃないですか」

三宅氏もたぶん、従業員である百目木君が疑われていることを察しているのだろう。

警察の疑いは無理もないとは思うが、それを始めにハッキリさせずにどやどやと押し寄せるのは、明らかに無神経がすぎると僕は感じた。

「ハッキリ容疑者を捕まえに来たと言ってもらった方が、正々堂々として好感持てますがね」

僕は言葉をなくしている三宅氏の代わりに反発を続けた。

「このままおっしゃるようにしてたら、捜査協力じゃなくて、魔女《まじょ》裁判の片棒ですよ」

「……おいアンタ、いったい誰なんだ、さっきからしたり顔で、捜査の邪魔がしたいのか？」

ムッとした蓮杖は、僕のそばにツカツカと歩み寄った。

「こっちは警察なんだぞ、わかってるのか」

ロッジの磨かれた木床の上に、溶けた雪の汚れが点々と散る。

おもてはやっぱり別世界なんだと、僕は改めて今回の事件と僕との距離感を覚えた。

「邪魔するつもりはありません。でも、こんなやり方が捜査だって言うなら、お粗末《そまつ》だとしか言いようがないですね」

「天音、それはまずいって……」

すわったままの浮名が頭を抱えるのがわかった。

生意気にも程があると、彼も呆《あき》れているのだろう。

僕だって国家権力相手にこんな風に無謀なけんか腰になるのはイヤだ。

だけど警察の今回のやり方は、あきらかに百目木道弘にピンポイントでアタリをつけてきたにも拘わらず、そのずさんさを棚に上げるため、適当にほかのメンツも容疑者として挙げようとしている風にしか感じられない。

おそらくは人権問題とか、名誉毀損とか、あとあと押し寄せるだろう批判を排するためなんだろうけれど、これでは逆効果だ。

勝手にまとめて容疑者にされた僕の人権や名誉はどうなるんだよ。

——いや、それは建前で、今の僕の怒《いか》りは、直感的なものだった。

百目木道弘についての話を切り出していた夫人の言葉を最後まで聞いていたら、もっとハッキリしていたかもしれない。

だけど僕はなんとなく現時点で、百目木君という青年が、所謂《いわゆる》個人の趣味嗜好《しゅみしこう》として殺人を行うような人物ではないと思いたくなっていた。

理屈ではなくそう思いたいのは、きっと彼が今も事故で失った恋人に気持ちを残しているのがわかるせいかもしれない。

「プロフィールが必要なら担当もいるし、詳しく聞いてください。僕は宮古天音《みやこあまね》です。有名ではありませんが、別に新人というわけでもない作家です」

「はぁ!?」

蓮杖はまるで鳩《はと》が豆鉄砲《まめでっぽう》を食《く》らったかのごとく、いかつい顔の中でギラギラしていた剣呑《けんのん》な細い目を丸く大きく見開いた。

「アンタが宮古天音だって?」

「……そうですよ、彼は宮古天音先生です。間違いありません」

固まっていた曳航社の数人の編集の中で、蒲生《がもう》がハラハラした顔つきで保証してくれる。

「自分は曳航社の編集をしている先生の担当の蒲生大二郎《がもうだいじろう》です」

「そんなバカなっ!?」

蓮杖はことさら大きな声で否定し、五分刈り頭を掻《か》きむしった。

馬鹿正直な蒲生が名刺《めいし》を用意して差し出そうとしていたが、そんな様子には目も留めない。

「ありえないっ」

「バカなって言われたって、ありえないって言われたって、本人なんだから仕方ないでしょう、なんなんですか、そんなにめずらしいですか、売れない作家の生身が」

「売れないっ⁉」

ちょっと古い譬《たと》えになるが、岡本太郎の『芸術は爆発だ』のポーズみたいに、頭を抱えたまま目をむいた蓮杖は、グリンッと顔を振って僕を睨《にら》みつける。

「売れないって⁉」

「何も連呼しなくたっていいでしょう！」

ほかの刑事やお巡りさんが注目する中、僕は思わず赤面した。

そりゃあ売れっ子とは言い難い部数しか刷ってもらえない作家だけど、それなりにファンだっているし、その貴重なファンはすごいコアに応援してくれてるし、これでも結構マニアックな層に支えられている、れっきとした作家なんだぞ。

汚れた床に両手と膝をついて『もうだめ』と絶望の仕草をしたくなるほど、蓮杖の反応はショックだった。

「アンタの作品が売れてないなんてことがあるものかっ！」

蓮杖は天井の高いリビングで、反響するほど大きな声でまた叫んだ。

「アンタ、いや、先生、先生っ！」

「うっ」

でっかい両手がニュッと伸びて、僕の手を包んで振った。

「………………」

浮名の秀麗《しゅうれい》な眉《まゆ》がみるみる吊《つ》りあがり、彼は立ち上がって間に入ろうとしたが、蓮杖はまるで興奮して引く気配がない。

「全部の作品を読ませていただいていますよ！　崇拝《すうはい》している大先生が、こんなお若くてハンサムな方だったとはっ」

「ええっ」

〝若くてハンサム〟と言われて悪い気のする奴はいまい。

僕はすっかり舞い上がり、驚愕《きょうがく》と不安と怒りで引きつっていた顔をニヤけさせた。

「刑事さん、僕の読者さんだったんですか。どうもありがとうございます」

「『峠の殺人』も『夕映《ゆうば》えがコロス』も、ああ、挙げていったらキリがないっ。本当に大好きなんですよっ、先生」

涙ぐまんばかりに言いながら、蓮杖は僕をじっと見つめる。

「お会いできて嬉しい、俺は本当に嬉しいですっ」

「……ああ……ありがとう」

さすがに殺人事件の起こった場所の程近くで、捜査にやってきた刑事が〝嬉しい〟連呼はまずいだろう。

そうっとあたりを見回すと、案の定《あんじょう》シラッとしたムードが漂っている。

しかし僕が蓮杖の手を振りほどくまで、更に三分ほど時間を必要とした。


「いやぁ、すみません、興奮しちゃって」

蓮杖《れんじょう》孝太《こうた》刑事はそう言って、僕らの部屋の応接セットのソファに腰を下ろした。

部屋は暖かく居心地《いごこち》よいままだったが、さきほどとは明らかに空気が違っている。

誰かが殺されて、その容疑者はこのロッジのどこかで同じように息をして、何食《く》わぬ顔をしているかもしれないのである。

三宅夫人と話していたときは、こんなことになるとは思っていなかった。

ほかの面々も、それぞれ刑事や警官から事情聴取を受けているころだろう。

「先生が実際に起こった殺人事件を数々解決しているという話は、前から自分も知っています。各地の警察が、非常にお世話になったとか」

大きな体をソファの中にきっちり収め、蓮杖は頬を上気させて言った。

威圧的《いあってき》な大きな体が今は頼もしくて心強く感じられる。

あんなに嫌な態度の嫌な奴に見えたのに、ファンだというだけでまったく違う頼もしい印象に変わってしまうんだから、人間って単純だ。

「ここは自分も、先生の推理に頼るためにも、いろいろと便宜《べんぎ》を図《はか》らせていただきます」

「やめてください」

ぺこりと頭を下げた蓮杖を、僕ではなく浮名が不機嫌に拒絶する。

「この人がそれで何度危ない目に遭ってきたことか、探偵でもないのに、こういう事件で公的機関から頼られるなんて、いい迷惑です」

「いや、自分がついてる限り、大切な先生の身を危険にさらすような愚行《ぐこう》は決してありません、ありえませんですともっ、はい」

ドン、と胸を叩《たた》き、蓮杖はニコニコと笑った。

笑うとなかなか愛嬌《あいきょう》のある顔つきになって、最初に感じた悪い印象は完全に払拭《ふっしょく》される。

「……結構ですよ、この人には俺がついてますから」

ふんっと、浮名はまるで子供のように鼻を鳴らして牽制《けんせい》した。

蓮杖は自分がどうしてそんなに浮名聖を不機嫌にさせてしまったのか、理解できないというキョトンという表情になっている。

「浮名、俺、マジでこのロッジから出る気ないし、今回は」

僕は浮名の隣に腰掛けて、彼の肩を優しく叩《たた》いて言った。

「約束しただろう。自分で危ないところに行ったり、関わったりするなんて、絶対にないよ、大丈夫」

「…………」

うろんげな眼差《まなざ》しになりながらも、浮名はここで口論して言い合ったりする徒労を感じているのだろう。

それ以上蓮杖に対して反発をあらわにすることはなかった。

「ええと、僕が解決した事件なんてありませんけど、警察の方々が捜査を円滑《えんかつ》に進める上での糸口になったことなら、結構あったかもしれない」

僕が言うと、蓮杖はウンウンと何度も頷いた。

まあ、糸口とかっていうのも、偶然の産物なんだけどね。

「ええ、助かります」

「事件についてわかることを教えてくれたら、僕も何か推理のキッカケとか、素人《しろうと》ながら思いつきをお話ししますよ」

「おお、心強いお言葉です」

蓮杖は完全に僕を信用し、事件に関してはともかくとして、作家としてはナンバーワンの信頼を寄せてくれているらしい。

最初の敵愾心《てきがいしん》はどこへやら、僕は少し、いやかなり、〝宮古天音〟ってやるじゃん、という気分になった。

「とは言え、まだまだ遺体が発見されたというだけで、めぼしい証拠も、被害者の特定もされていないのが現場の実情でして、現時点で先生に提示できるだけの情報というのが、これまたなんとも……」

「……このロッジまで大挙して押し寄せたのは、百目木道弘君が容疑者として挙がっていたからではないんですか？」

口ごもり、頭をカキカキしながら言う蓮杖にそう言うと、彼はハッと顔をあげ、『なんでそれを！』という表情になる。

「さすが先生だ……もうそこまで探りを入れられていたとは……」

「ちょっとした好奇心から、ネットで噂の都市伝説を調べていただけです」

僕は苦笑して蓮杖の感心を否定した。

百目木君の存在を知ったのは、情報収集がどうとか、犯罪に関しての関心度の問題ではなく、単純に聞き耳頭巾《ずきん》が発達した結果だと思っている。

「だれ？」

眉を寄せた浮名が首を傾《かし》げた。

「……例の都市伝説の元になった遭難事故の生存者だよ」

「本当にいるの？」

僕の答えに浮名の血の気がまたザーッと引いていくのがわかる。

「……彼も事故に遭った被害者なんだよ」

とりあえずくわしい説明ははぶき、僕は小さく首だけ振った。

「僕が知っていたのは、彼の名前が、ネットの関係サイトに掲載されていたからです。都市伝説に興味を持っているので、地元の人の話を聞こうと思っていたから、丁度奥さんと話をしていたところだったんです」

「はぁはぁ」

頷き、蓮杖はちょっと困った顔になる。

「あちらの件は遭難事故でして、こちらとは無関係ですから」

「しかし、それは建前で、そうおっしゃりながら、百目木君を容疑者に特定してましたね？」

これは絶対に否定できないはずだと、僕は蓮杖の顔を覗き込むようにして強く言った。

「このロッジに来たのは、明らかに百目木君目当てだ」

「場所が場所ですし、もちろん、彼が犯人だと決め付けているわけではありませんが、とにかく任意同行を求めるぐらいはしておくのが、やはり警察としての義務かと」

太い首をさすって脂汗《あぶらあせ》を拭いながら、蓮杖はやっと顔をあげる。

「犯人は、できるだけ早く拘束《こうそく》する必要がありますから」

「次々と犠牲者《ぎせいしゃ》が増えるのではないかと思われているんですか？」

言い方に不審を感じて、僕は首を傾げた。

被害者はまだ一人である。身元も特定されていない。

もちろん犯人は早く捕まえるに越したことはないだろうが、その言い方は不自然に感じられた。

「犯人は、殺人そのものが目的で犯行を行ったと考えていらっしゃる？」

「いや、それは杞憂《きゆう》になるのが一番ですが」

「でも遺体が見つかっただけで、連続殺人が予想されるような様相《ようそう》だったんですね？」

「……う……」

思い出してしまったのか、浮名が呻《うめ》いて口元を押さえた。

遺体を間近に見たあとでこんな話を聞いているのは絶対イヤだろうに、僕と蓮杖を二人きりにする気にもなれないのだろう。

壁際に警官がきちんと一人いるんだけど、たぶん浮名の目に入っていない。

そもそも普通に男と二人きりになったからって、僕はやすやすと押し倒されるタイプでもないんだけど……。

まぁ、蓮杖のガタイを見る限り、僕に勝ち目はない。

「発見時の遺体の状態について教えてもらえませんか？　もちろん、教えていただける範囲でかまいません」

「ひどく損壊《そんかい》されていました」

チラと、浮名を見た後で、蓮杖はつらそうに説明する。

「自分は決してベテランとは言えませんが、もちろん遺体を目にする機会は一般人の方より圧倒的に多いです。しかし今回の遺体は、無残で、直視するのが厳しいものでした」

「……女性だという話でしたけど、本当ですか？」

「若い女性です。地元か観光客か、それはまだわかりませんが、非常に若かった。二十代でも後半ということはないでしょう。まだ十代かもしれません」

「お気の毒な……」

ただ殺される、というだけでも痛ましい。

年齢によって悲痛の度合いが変化するわけではなかったが、やはり若ければ若いほど、その悲惨さは残された家族を打ちのめすだろう。

「喉元からこう、縦に裂かれていました。下腹部まで、ぎこちない切り口でした」

蓮杖は自分の喉から胸、腹と、きざぎざに裂く仕草《しぐさ》をしてみせる。

「肉片の一部と、はみ出した内臓が床に置いてありました」

「それが都市伝説と合致するわけですね」

「………」

僕の問いかけに蓮杖は答えなかった。

都市伝説では、百目木はまだ生きている恋人の腹を裂いて、その皮にくるまれて暖を取ったということになっている。

「被害者はHスキー場から来たようなんですか？」

「雪のせいで足跡は消えていました。仮にこちらのロッジから来たとしても、足跡を探すことは困難でしょう」

「昨夜の雪も凄かったですしね」

どこから来たのか、どこへ行こうとしていたのか。

「浮名たちが行ったときに、足跡はあったの？」

「いや、なかったよ」

青白い顔の浮名が、ソファに深く沈みながら首を振った。

「一面の銀世界だった。茶屋も入り口の反対側はほとんど埋もれてたし」

「ふぅん」

昨夜はひどい雪だった。

朝は晴れていたけれど、今窓の外を見ると、また吹雪《ふぶ》くように雪が降っている。

こちらの地方では、特筆するほどの豪雪ではないようだが、東京から来た僕の目には、充分すごい雪が降っているように感じられた。

「これから百目木君を連行することになるんでしょうか？」

「そうですね、たぶん……」

やっぱり、とは思ったけれど、蓮杖もこれが仕事なのだから、と思うと強く反発する気分にはもうならなかった。

「先生は、何か今思いつかれたこととかありますか？」

「いや、さすがにないです」

「そうですよねぇ」

蓮杖がため息をつく。

いかに超人と言えども、この材料で真犯人を当ててくれとは無理な話である。

通りすがりの誰かが面白半分に殺した可能性だって否定できないし、僕の知らない人間関係によって、都市伝説を元にカモフラージュ殺人を犯された可能性もある。

「被害者が誰なのか、それがキーワードだとは思うんだけど」

「どうしてですか？」

「狙ったのか、それとも行きずりだったのか、少なくともそれはハッキリしませんか？」

「行きずりに腹を裂いて殺しますか？」

嫌な顔つきになった蓮杖は、いかにも健全な男だったから、通り魔的な犯罪や、偏執的《へんしゅうてき》な殺人は理解の範疇《はんちゅう》にないのだろう。

「それが趣味の人ならそうするでしょう。サイコパスもありえるし、模倣犯《もほうはん》……という言い方はこの際間違っているでしょうが、都市伝説に触発されて、噂を実現させようと企《たくら》んだ馬鹿者がいる可能性もある」

でも、と僕は首を傾げた。

「もしも狙った犯行だったということになれば、被害者の関係者ということになってくるでしょう？」

「わざわざ殺す相手の腹を裂いて、何をしたかったんでしょう……」

腕組みした蓮杖は、やや厚めの唇をむぅっと尖《とが》らせた。

「あんな若い女性を……」

「裂く目的があるとしたら、いくつかに限定されますよね」

「ほほぉ」

「一つはそうしたかったから。つまりはサイコパスですね。そういう趣味だからそうしたんです。腹を裂いてみたかった、人殺しがしてみたかった、内臓や血が見てみたいからそうするんです、理屈はなくて、ただの趣味嗜好ですから、動機を考えても無駄です。二つ目は噂に触発されて、噂通りに殺したかったから。あるいは実験とかね。腹を裂いた女性が、生きていられるものかどうかを確かめたいとかです」

「いやですねぇ」

確かに嫌な理由だ。

だがそもそも殺人という行為そのものに対して、いい理由があったからやってもいいなどということにはならない。

人を殺すのに〝いい理由〟なんて、あるはずがないからだ。

「三つ目はそうする必要が具体的にあったから」

「具体的に……ってなんでしょう」

そこで蓮杖は噂の内容を思い出したのか、否定的に顔を歪める。

「具体的にって、それはつまり……」

「いや、それはまだ答えを出せないでしょう」

僕はストップというつもりで手を突き出した。

ここで百目木君に目が行かれては困る。

彼は確かに容疑者だが、僕にはそうしなければならない目的や理由が彼にあるようには思えなかった。

もちろん、夫人の話を最後までもう一度聞く必要はあるが。

「女性を殺して腹を裂いて内臓を出す、猟奇的な嗜好に追い討ちされた犯行のように見えても、何か必要があってそういう殺害方法を取った可能性はあります」

「はぁ、そうですね」

曖昧《あいまい》に頷いた蓮杖のＰＨＳがピリピリと鳴った。

ケータイは圏外になってしまっても、ピッチなら通じるらしい。

「すみません、それじゃ、どうも」

彼は頭を下げて挙手し、挨拶《あいさつ》もそこそこに部屋を出て行った。

百目木道弘が重要参考人として、任意で事情聴取を受けるため、蓮杖に同行を求められたのは、この直後だったという。

◆◆◆◆◆◆

窓が風で鳴っている。

立派なロッジなのに、どうしてこんなに物音が響くのだろう。あたりがあまりにも静まり返っているせいなのかとも思ったが、リビングからは人の気配が伝わってくる。ガタガタッと、また大きく音が響いた。

その音が耳に入ると、飛び上がりそうな恐怖によって、心臓をギュと絞られる感じがした。

「…………」

リビングを抜け、薄暗い廊下から裏口に出ようと、あたりを見回したその顔は柴崎明里のものだ。

両手で携帯電話を握り締め、時折チラリと電波の様子を見てはため息をつく。

スキー靴を履いて出て行くための裏口は、湿っていて廊下より更に薄暗い。

黄色っぽい予備灯で照らされた周辺は狭く、人声ひとつしないのが不気味《ぶきみ》に感じられた。

コンクリートで補強された段差を降り、用具が収められた鍵つきのロッカーとベンチの間を縫って裏口についた明里は、上着の前を強く合わせて寒さに備えた。

恐怖もあったが、それは他人の生命に関してではなかった。

カギを開け、ドアを開けた瞬間、物凄い突風と共に冷たい雪が顔を打った。

「うぷ……」

思わず声をつめたが、それは自分が出した声とは思えないほどみっともないものだった。

しかしそれを意識するより先に、明里は驚愕《きょうがく》するほど激しい眩暈《めまい》に襲われた。

「ガ、ァ」

何が起こったのかわからない。何もわからなかった。

「グ、ウ」

吹雪に目が慣れて、自分の目前に誰が立っていたか知った明里は、声をあげようとして失敗した。

ザクザクという音が腹の辺りから聞こえて、そのあまりの生々しい音に気が遠くなる。

肉を切られている、深々とナイフでえぐられている。
命を削《けず》り取られているのだ。警告ではなく、殺すために刺されている。
「……ウ、グゥ……」
真っ白な雪の上に、赤い汁が飛び散った。
血だ、と、そうと気づくそばから、赤い色はどんどん白い雪で覆われていく。
やはり刺されている。
いや、自分は殺されているのだ。
そして雪の上に明里は倒れた。
寒さを強烈に感じた一瞬後には、何もかもがどうでもよくなってしまう。
携帯電話を持っていたはずだ、アレで……。
指先がモゾモゾと動き、あとちょっと、もうちょっとと、意識が必死で覚醒《かくせい》を促す。
助かるかもしれない、助かるかも……。
「………」
見下ろした殺害者は肩で息をして乱暴に明里の体を雪の中に引っ張り出した。
血の跡が雪の上につく、が思った通り、すぐにそれは埋もれて消えた。
足跡も一瞬で消えていく。
何も残らない。

何ひとつ……。

命のかけらすら、一つも。

◆◆◆◆◆◆

陰気な表情でソファに腰掛けたまま、浮名はジッとテレビを見ていた。

僕が風呂《ふろ》に入る前から姿勢は変わらず、出てきても振り向こうともしない。

テレビで面白《おもしろ》い番組がやっているわけでもなかった。

整った浮名の顔を見ていると、時々内容に関心を示した様子でフッと笑顔がこぼれる。

でもそれはすぐにサーッと消えてしまって、彼の表情は最終的にはドメスティックバイオレンスを抱《かか》えた主婦のごとく陰気なところに落ち着くのだ。

「浮名」

呼びかけるとちょっとこちらを見るものの、なんとも言えない表情でまたテレビの方を向いてしまう。

お笑いタレントが入れ替わり立ち替わり、まるで画面のこちらで王子様が沈んでいるのを知っている道化《どうけ》のように、コントを展開していた。

ドッという笑い声、にぎやかなその音で、浮名がささくれた気を紛《まぎ》らわしているのがよくわかった。

気分を変えたいのだろう。徹底的に。

「浮名」

僕は同じソファに腰かけ、彼の手を両手で握った。

暖房のおかげで暖かな、けれどその芯が血腥《ちなまぐさ》い現実によってどれほど冷え切っているか、僕は知っている。

「……だめ、無理だよ、今は……そんな気になれなくて……」

彼は僕がゆっくりと手をさすると、性的なニュアンスを察して言った。

「うん」

僕は頷き、しかし離れずにずっと手をこすり続ける。

浮名のきれいな白い喉仏がちょっとだけ上下して、苦しそうな吐息が漏れた。

「……思い出すと、つらいんだ」

「うん、わかってるよ」

「あの子の気持ちを考えたせいじゃなくて、とっさに気持ち悪いって思っちゃった自分が、なんだか許せない」

「うん」

浮名の落ち込みの根元が、どれだけ彼らしいかに気付いて愛《いと》しさが込み上げる。

「たぶんその場にいたら、俺もそう感じたと思うよ」

「……天音……」

苦い口調で僕の名を呼び、浮名は肩を落とした。

テレビからはにぎやかな音と笑い声がそのままだった。

今夜はずっとテレビをつけっ放しにしておいてあげよう、そう思う。

どんなにくだらない内容だとしても、絶対に必要な時があって、正直僕はそのためだけに、テレビというものはあるんだと思っている。

「浮名……」

薄く開いた浮名の唇に唇を重ねる。

薔薇《ばら》の花びらのように軽い感触が、しっとりとした感触に変わるまで、ずっとそうして重ねて触れ合った。

愛しさが、傷ついた彼を強烈に慰撫《いぶ》してあげたいという感覚になっていく。

手から腰に移動した手で、僕は浮名のベルトをはずした。

浮名も腰をあげて協力してくれる。

風呂に入ってほてっていた体が、なお熱くなるのがわかった。

「天音……」

浮名が手を伸ばし、僕のまだ湿っている頭をゆっくりと撫でてくれる。

ソファから降りた僕は、床《ゆか》に膝《ひざ》をついてテーブルとの隙間《すきま》にすわりこんだ。

浮名の膝の間に入り、彼の陰部に顔を寄せる。

抵抗などなく、僕は恋人の男性を口で愛した。

浮名が頭上で息荒く快感を訴える。

ほんのわずかでいい、死に接した暗い影が拭えるならば、僕はなんでもしただろう。

「天音、愛してる、愛してるよ……」

優しい声が降って来る。

背後のテレビから聞こえるにぎやかな音楽は、淫靡《いんび》な空間を作るには程遠い効果を果たしていたが、それでも今の浮名には必要なものだった。

明るい部屋の暖かな光も、僕という存在も、今の浮名にどれほど必要な存在かわかっている。

ゆるやかな時間が流れて、僕は浮名の精を口腔《こうこう》で受け止めた。

浮名がティッシュを用意して、僕の口から粘液《ねんえき》を吐き出させた。

「ごめんよ」

浮名は僕の顔を見つめ、白かった頬を上気させて謝罪する。

「なにが？」

僕もまた興奮にほてった顔で尋ねた。

「浮名は何も悪いことしてないじゃないか」

「……あんたのこと責めたけど、俺がこんなことになっちゃってさ」

「それ、浮名のせいじゃないよ」

苦笑して、僕は浮名の膝の上に乗りあがった。

僕も決して男としては小さい方ではないのだが、浮名と比べると小柄に見える。

彼のたくましい胸に身を寄せ、僕は自分の肉体をこすりつけた。

「こういう星の巡り合わせなんだよ、きっと、オレたちってさ」

「そうなのかなぁ、だとしたら嫌な星だよね」

「後悔してる？」

「なにを？」

僕の体に触れ、タオル地のガウンを肩からはがしながら、浮名が問い返す。

「オレとこうなって、嫌な星かなにかの巡り合わせで、こんな風に、事件に関わることが多くなったことをさ」

ほんとに、悪いものに取り憑《とっ》かれてんじゃないのかと思いたくなるほど、というか、そういう超常現象のせいにした方が納得いくほど、僕と浮名は恋人という関係になってから見事に犯罪に関わりやすくなってしまった。

もともと決して平穏無事な人生とは言い難かったけれど、それはやっぱり常人の圏内だったと思う。

こんな風に殺人事件に頻繁《ひんぱん》に遭遇していると、呪《のろ》われているか自分たちで殺しているか、そのどちらかでもおかしくないと他人も思うだろう。

「何回生まれ変わったって、あんたと出会わない人生なんか選びたくないよ」

「浮名……」

僕が望んでいた答えを、浮名は躊躇なく答えてくれる。

「俺もだよ」

「出会うだけじゃなくて、こんな風に、あんたに触れられない一生なんて、俺にはもう考えられないよ」

言いながら浮名は、僕の胸を探《さぐ》り、一番敏感な部分を刺激しながら激しく強く腰をうごめかした。

さっき射精したばかりで、もうその部分が充溢《じゅういつ》の大きさを示しているのに気付いて、僕はちょっとだけ赤面する。

「浮名……愛してる」

生と死は、どこかで直結しているものだ。

僕らがいくら交わったところで、子供という生命の連鎖《れんさ》は発生しない。

それを不毛と呼ぶ人はいるだろう。中には責める人もいるかもしれない。

倫理的な意味で、僕も決して同性愛が胸を張れる恋愛関係だとは思っていない。

こういう関係になってなお、親しい知人や身内にすら、その事実を公表できないのが、後ろ暗さの表れだと思っている。

だけどそれでも、それでもやっぱり失えないのだ。

誰が否定したとしても、間違っていたとしても、どうしようもなかった。

彼を失ったらもう生きていけない。

彼も同じように感じてくれていることは、子供を作ることで連鎖していく命の奇跡同様に、僕にとっては人生の奇跡だったのだ。

彼を得られるなんて思っていなかった。

彼が僕の恋人として、こうして愛し合ってくれる存在になりえるだなんて、どんなに愛していても、思ったことはなかった。

「浮名……っ」

まさぐられ、愛情がいっぱいに注がれる部分への愛撫に感じ入る。

浮名の耳にはもう、テレビの音は入っていないだろう。

僕はソファに膝をついて身を支えながら、対面した浮名の後頭部を強く強く抱き寄せる。

この愛しさをどうやって示していいかわからない。

こんなに好きだと、口に出して言う以上の伝達をほかに知らない。

もし体が結ばれなくても、僕は浮名を愛し続けただろう。

浮名がいるから生きている、その気持ちは、快楽だけが約束してくれた愛着のゆえんではない。

「あ、あ……っ」

「天音、天音……！」

染み入るようにして入り込んでくる浮名の実感。

そのたっぷりとした手ごたえは、揺すぶられ、穿《うが》たれた部分から徐々に這い登ってくる。

「あう、うぅ」

うめきながら、僕も一緒に腰を回した。

こうして体を重ねるようになって、僕が得たものは大きく、たぶん浮名も大きいと思う。

同性でもこんな風に愛し合えば、もどかしさやジレンマが埋められる。

口に出して言わなければわからないようなこと、気恥ずかしかった想い、せつない独占欲、そんなものがすべて快感に昇華《しょうか》されていくのだ。

抱きしめあい、そうして一緒に登りつめ、僕たちはいつだって煮詰まっていた何かを共に乗り越えていく。

このロッジで働いているらしい百目木道弘の話をすると、浮名は苦い表情で頷いた。

「だからわざわざロッジで事情聴取なんてことになっていたのか」

バスタブに男二人はやはり決して広くはない。

それでもわざわざ二人して、ぬるい湯の中にじっくり浸《つ》かりながら僕らは事件の話をした。

リビングからつけっ放しのテレビの音が漏れ聞こえる。どちらもスイッチを消そうとは言い出さないまま、ソファで愛し合って二人して風呂に直行した。

「あんたは犯人だと思ってる？　百目木ってひとが」

「わからないよ」

僕は吹き出して笑った。

「蓮杖じゃあるまいし、お前まで人を万能扱いするなよな。オレは探偵じゃないし、お前も知ってるだろう？　どっちかというと、ヘッポコ系の推理力しかないんだからさ」

「そうだね」

〝へっぽこ〟という点に浮名が納得したので、僕はムッとした振りでふざけて湯をかけてやった。

「……あんなところ、行くんじゃなかった」

お湯にまみれたけちょんとした顔を、浮名はまた暗く伏せる。

「ひどい目に遭ったよ」

「どうしてわざわざ行くことになったの？」

「編集の、神谷《かみや》さんが……」

「ああ、あのひとか」

意気揚々とした苦手な女性編集の顔が脳裏によぎる。

「そういや、なんかお前と桑名に、この都市伝説をマルチメディア戦略で題材にして欲しそうだったね」

「冗談じゃないよ、もう」

大きくため息をつき、浮名はこれ以上はないというくらいゲンナリとした表情になる。

「桑名もこの手の話には乗らないと思う」

「どうかなぁ」

唇を歪め、僕はいかにも馬鹿にした口調になった。

「あの人はお金とか、作品が売れるとかのためだったら、なんでもやりそうな気がするけど」

「その点は否定しないけど、ほら、赤ちゃん生まれたし、猟奇とかの気分じゃないと思う」

「そんな気分で仕事選ぶってのも、どうなの」

「…………」

強い口調の僕の言葉に肩をすくめ、浮名は答えなかった。

僕と浮名の見解が異なることはしょっ中だったけど、この、桑名に対する評価っていうのが、たぶん一番合わない点なんじゃないかと思う。

僕は彼をただのスケコマシのナンパ業界人としか思ってないし、浮名は友人でやり手で有能な、もっとも信頼と友情に値《あたい》する人物だと慕《した》っている。

それは有能だというのは認める、やり手というのもその通りだと思う。

でも、そこにはなんというか、業界特有のドロドロした臭《にお》いが嗅《か》ぎ取《と》れて、僕は彼に慕わしさを覚えることはどうしてもできなかった。

悪い人ではない、とは思ってる。

でも絶対にいい人じゃない。

断じて、姫田貴美香《ひめたきみか》を取られたファン心理とは別に、だ！

◆◆◆◆◆◆

早朝の雪山は晴れ渡り、キラキラと眩しい陽光が巡査たちのヘルメットをテカテカと照らしていた。

「今日も晴れたなぁ」

歩くスキーを履いて雪道を登ってきた向田巡査《むこうだじゅんさ》は、相棒の君島《きみじま》巡査に声をかけた。

君島巡査の方は派出所に唯一の古いスノーモービルで、向田巡査を鬼首峠の茶屋まで引っ張ってきていた。

白い雪原に足跡やほかの痕跡《こんせき》はいっさいない。

「ゆんべは相当吹雪いたべぇ」

君島巡査は茶屋の脇にスノーモービルを停めて、キープアウトと書かれたテープを確認した。テープを留めるための鉄棒は雪にほとんど埋もれている。

茶屋も埋もれたように見えるが、風向《かざむ》きのおかげで入り口側はきれいだった。

「ここんとこ、天気が変わりやすいから、ただでさえ事故が多いゆうのに、困ったもんだ」

「んだなぁ、こういう事件は、東京で起こるもんだと思ってたよ」

「わしもだぁ」

二人は分厚いコートの下で体をまるめ、茶屋の周りを点検した。

異常などはなく、中を確認することになる。

二人は地元育ちの巡査で、殺害された死体を研修期間中や教科書以外で見るのは今回が初めてだった。

鬼首村では三十年以上、『殺人事件』は起こっていない。

「もうないべ」

向田巡査が扉の前で留まっているのを見て、君島巡査が低い声で言った。

「中も確認せねば、いっとき」

「ああ、わかっとうよ」

ため息をつき、向田巡査はノブに手をかける。

ほんの数年ではあったが、向田巡査の方が君島巡査の後輩に当たった。

だから帰りもスノーモービルに乗るのは君島である。

派出所に戻る途中の〈スノウロッジ・ミヤケ〉に寄って、ココアでもご馳走《ちそう》になろう。

あそこの夫人の作るココアは最高だった。

瑣末《さまつ》な事柄が脳裏をよぎり、向田巡査は扉を開ける。

何もないと思って見回して、驚きのあまり顎がガクンと下がった。

「今夜も荒れるべか」

谷間を見下ろしながらつぶやいている君島巡査の声が遠くに聞こえる。

「いやな事件やのぉ。はよう終わらんかのぉ」

「き……」

――キィィイイヤャヤャ――――ッ
呼びかけようとして、声を出した瞬間、それは情けない悲鳴になった。

「な、なんだべ！」

驚いた君島巡査が慌てて扉の方に行くと、向田巡査は歩くスキーを装着したまま、雪の上に尻餅《しりもち》をついている。

「なんちゅう声出しよる、何しとるか⁉」

「死体が……」

向田巡査は、思わず涙をこぼしながら言った。

怖くなかった。気持ち悪くもなかった。

ただ彼は、純粋に気の毒で、可哀相で、同情の気持ちが胸をふさぎ、思いがけない事態に涙が溢れたのである。

君島巡査は真剣な顔つきになって向田巡査の後ろから茶屋の内部をのぞき、薄暗い入り口付近に投げ出された憐《あわ》れな遺体を見つけた。

多くを語る必要はなかった。

彼は無線が届かないことを確認し、向田巡査に現状確保を命じると、自分はスノーモービルに乗った。

思い立ってあたりをどんなに見渡しても、人の足跡はおろか、いっさいの生命の痕跡が見当たらなかった。

3　鬼の首切れた

パトカーのサイレン音で目が覚める、というのは、なんとなく嫌《いや》なものだ。ましてやそれが、昨夜思うさまに、幸福で愛に潤《うるお》った時間を費やしたあとだから、余計に嫌な気分になる。

僕と浮名《うきな》が着替えて食堂に向かうと、宿泊客の大半はそこに集まっていた。それぞれの面持《おもも》ちが暗く、露骨《ろこつ》にうんざりした雰囲気の人もいる。

昨日はまだまだみんな野次馬《やじうま》の顔つきをしていたのに、今日は当事者の顔つきをしていた。何かあったのは間違いない。

「また、だってさ」

同じテーブルに着いた桑名《くわな》が、ウンザリした顔つきで言った。

ふだんはまぎれもない野次馬体質で、事件が面白《おもしろ》いかどうかでいつも自分のポジションを決めるところのある男が、今回はかなり嫌悪《けんお》を示している。

昨夜浮名が言っていたように、やはり生まれた赤ん坊の存在が大きいのだろうか。

確かにもし自分の娘が大きくなって、こんな事件にめぐり合わせたら、とても正気ではいられなくなるだろう。

いや、娘さんだけじゃない。自分の奥さんだって、いつ標的にされるかわからないのだ。

「また、って……殺人ってことか？」

浮名が聞くと、桑名は深く頷く。

「いったい誰が亡くなったんですか？」

宿泊客の雰囲気からすると、顔見知りなのかもしれないと、嫌な予感が胸をふさいだ。

「……ここの客らしい」

唇を大きく歪《ゆが》めて、桑名はさすがに小声で答える。

「えっ？」

僕と浮名はギョッとしてあたりを見回した。

パッと見渡しただけでは、誰がいなくなっているのかわからない。

「おはようございます、先生」

コーヒーを運んできてくれた蒲生《がもう》が、鬱《うつ》な表情でかたわらにすわる。

「なんだか全然気晴らしにならなくなってしまって、申し訳ありませんでした……」

「いや、君のせいじゃないよ」

本当に、誰かのせいにするんだったら、これは絶対に犯人のせいなのだから、無関係の人間に謝ってもらうようなことではない。

「いったい誰が亡くなったのか知ってる？」

「ええ、泊まり客の、柴崎《しばさき》さんというＯＬの方だそうです」

「え、あのひとが……」

僕は昨日リビングで遭遇したいかにも〝いまどき〟といった雰囲気のカップルを思い出し、食堂を見渡した。

決して広いとは言《い》い難《がた》い食堂に、確かに城田誠一《しろたせいいち》と柴崎明里《しばさきあかり》の姿がない。

「いったいどうして……」

「今、恋人の男性が下で話を聞かれているそうです」

蒲生は大きなため息をついて、食欲なさそうにコーヒーをすする。

「死体が発見されたのは、また茶屋だそうですし、変質者のしわざですかね」

「同じように損壊《そんかい》されて？」

「どうもそのようですね」

「………」

頷いた蒲生の言葉に浮名が無言で立ち上がり、窓辺のコーナーにパンを取りに行った。

朝っぱらからまた昨日のことを思い出すのは苦痛だろう。

どんなに空が晴れ渡っていても、誰かがまた一人死んだなんて聞いたら、やりきれない思いに駆《か》られる。

「おはようございます」

慌しい朝に顔色のよくない三宅《みやけ》夫人が、ベーコンエッグやスープの載ったワゴンを押して現れ、丁寧《ていねい》な給仕をしてくれる。

昨日の話の続きを聞きたかったけれど、そういう雰囲気でもないし、またそういう場合でないこともわかっていた。

柴崎明里さんが亡くなったことで事件は連続性を帯《お》びているけれど、夫人のことだから、また百目木《どうめき》君に容疑がかかるのではないかと心配しているだろう。

「朝から騒がしくて、申し訳ありません」

案《あん》の定《じょう》夫人は、蒲生と同じように自分の不始末《ふしまつ》を詫《わ》びるようにして頭を下げた。

「奥さんのせいじゃないですよ」

僕は笑って首を振った。

さりげなくうかがってみたが、独特の雰囲気を持っていた百目木君のスマートな姿は見えない。

昨日の任意同行から、まだ帰ってきていないということもないだろうが……。

「……あの、奥さん、彼は戻ってきているんですか？」

「………」

どうしても好奇心が抑えきれず、僕は夫人が身をかがめたとき、その耳に遠慮しながらも小声で尋ねた。

夫人は眉間《みけん》に皺《しわ》を寄せて嫌悪《けんお》の表情を示したが、なんとか一つ、無言で頷く。

この様子ではもうあの話の続きは教えてくれないかもしれないと思ったが、それはそれでしかたない。

確かに今都市伝説と遭難事故の類似性について夫人に尋ねたとしても、それをただの好奇心として割り切るわけにはいかなさそうだ。

別のテーブルからいそいそといった雰囲気で神谷《かみや》さんがやってきて、桑名に向かって親しげに話しかけている。

女性ならなんでもいい、という感じの桑名も、さすがにこの編集女史の押せ押せムードには辟易《へきえき》しているのか、いささか面倒くさそうに返事をしているのが印象的だった。

「スキーはどうするの？」

「とてもする気にならないよ」

席に戻った浮名に問うと、彼は外国人のように大げさなモーションで肩をすくめて首を振る。

彼が手にしたプレートのうえには、まるで女の子のように甘いものが並んでいた。

ホイップクリームとベリーソースがたっぷりとかかったフレンチトーストは、見ているだけで歯が浮いてくる。

それでもこういうものを口にしているときだけは、浮名の気分も少しは晴れるだろう。

「当分雪山は歩きたくない気分だ」

「そうか」

それもそうだろう。

浮名は僕と違って超がつくほど繊細《せんさい》にできている。

好奇心に負けて火の中に飛び込む僕とは反対に、たとえ疑問や不安があったとしても、慎重に石橋を叩《たた》いて渡るタイプのデリケートな作家だ。

幅広い読者層を誇る彼の作品は、人によってはチープと酷評《こくひょう》される。

確かにトントン拍子の展開も、子供にも判りやすい人間関係も、身近なキャラクターも、彼の作品の特徴はある意味庶民的《しょみんてき》、と言えるかもしれない。

だけど中学生の妄想《もうそう》の中にしかいないような制服探偵の美少女も、浮名が描くとリアルで、応援したくなるカリスマ的な人物として完璧に出来上がる。

誰もが描けそうで、浮名しか描けない世界、それが彼の真骨頂《しんこっちょう》であり、僕の大好きな作家としての彼のスタイルだ。

本人の性質と、作品の豪胆《ごうたん》な部分は、えてして食《く》い違《ちが》うものなのかもしれない。

僕の作品だって、世間での評価は〝繊細〟〝重厚〟〝本格〟だけど、現実の宮古天音《みやこあまね》ときたら、恋人からも〝へっぽこ〟の烙印《らくいん》を捺《お》される立派なお笑い人物である。

僕は〝へっぽこ〟という単語についてしばらく考えたのち、スープが冷めないうちにとスプーンを手に取った。

目の前ではずっと、神谷女史が桑名をヨイショして、なんとかその気にさせようとしている。桑名は助けを求める視線を時々泳がせたけれど、僕はもちろん、彼を救いたい気持ちなんかこれっぱかしも持っていないし、浮名はそれどころじゃないといった雰囲気で黙々と甘い朝食を食べていた。

食堂の大きな窓の外には、鬼首峠《おにこべとうげ》を擁《よう》した雪山が見える。

晴れた青空の下、白銀の世界は眩《まぶ》しくて明るく、猟奇的な事件が発生した舞台には、とても見えなかった。

非公式な立場を示すためか、昼前に部屋に現れた県警の刑事、蓮杖孝太《れんじょうこうた》は一人だった。

僕と浮名の部屋には蒲生もいて、三人でお茶を飲みながら、事件とは無関係の無駄話をしている最中だった。

大半のツアーのメンバーが、主催者の呼びかけでHスキー場を避《さ》け、ちょっと足を伸ばした先のスキー場にバスで出かけて行っている。

もちろん警察は僕たちもマークしているから、現段階では県を越えることは許されてない。

「いやぁ、参りました」

気配りの蒲生がお茶を用意してテーブルに載せると、蓮杖はソーサーごと吹き飛ばしそうな勢いでため息をついた。

「案外と面倒なことになりそうで、正直参っています」

「……お話しになりたいなら、聞きますが」

「聞いてくださいますかっ？」

テーブルを乗り越えてきそうな蓮杖の勢いに、僕はひきつってコクコクと頷く。

「もちろん僕に警察ができる以上の活躍を期待されては困りますが、話を聞いて、素人《しろうと》なりの考察をするくらいなら……」

「もちろん過分《かぶん》な負担はおかけしませんです、話を聞いてください」

頰を輝かせた蓮杖は、お茶を含んでからポケットの中からミニサイズのノートを取り出した。

「最初の被害者の身元も判明したんです」

「なるほど」

それで事件の解決は早まるのが普通だ。

少なくとも怨恨《えんこん》なのか変質者の犯行なのかくらい、判別はつくのが相場である。

「殺されたのは鬼無由紀子《きなしゆきこ》。鬼首村の出身で、高校卒業後から現在までHスキー場ペンションの従業員をしておりました。年齢は十九歳。一昨日は午前六時に家を出て、仕事を終えて交代した午後三時にはペンションを後にしていますが、自宅には戻っておらず、消息が不明になっておりました。家族は由紀子が無断外泊することはめずらしいことではなかったので、気に留めていなかったとのことです」

「一昨日の午後、夕方に殺されたんですか？」

「死亡推定時刻は、胃の内容物から見て、早くとも四時から、遅くとも五時までの間ということですね」

「胃はあったんですか」

「ありました」

「では内臓が取り出されていたのは、胃を取り出して廃棄することが目的ではなかったということですね」

死亡推定時刻の操作をしたがるのは、推理小説の世界ではトリックの初歩だけど、現実にはあまり効果の高い方法はないようだ。

「アリバイ作りに利用するためではなかったってことになるのかな」

「はぁ、そうなります」

蓮杖は強く頷いた。

普通に考えて、胃があるのとないのとでは、死亡推定時刻に幅が出そうな気がするのだが、そういうこともないのだろうか。

そう尋ねると、蓮杖は軽く首を振った。

「地形的に、鬼首峠は夕刻にはほとんどH岳の陰になりますから、茶屋の中は日が落ちれば冷凍庫同然になります。今年は特に冷え込みが厳しくて、遺体はほとんど死亡時刻から冷凍保存されていたようなものですから」

胃が残っていたとしても、なかったとしても、死亡推定時刻に誤差が生じることはほぼなかっただろうとのことだ。

「ここでね、この鬼無由紀子の交友関係から、意外な人物の名前が挙がったんですよ」

「誰ですか？」

意外というからには、恐らく百目木君の名前ではないということだろう。

しかも僕が知っているくさい。

「城田誠一。こちらの宿泊客のね、あの男ですよ」

「ああ……彼が……」

僕は脳裏に、あの短気で無礼な青年の姿を思い浮かべた。

「東京の人ですよね？」

「住まいは埼玉です。職場は東京ですがね」

蓮杖はノートを見下ろして刑事らしい厳しい顔つきになる。

「城田は今季だけでもHスキー場に来るのは五回目でして。昨年は合計六回訪れています」

「スキー好きなら、何度でも来る場所ですからね」

「奴の目的はスキーじゃない。女です。ナンパが目的ですよ」

肩をすくめた蓮杖の表情には、恋人をなくした城田に対する憐憫《れんびん》の情はかけらも浮かんでいない。

「典型的なナンパ師です」

「……ということは」

読めてきた。

「被害者も城田さんにナンパされた人なんですか？」

「そうです。昨年、Hスキー場に初雪が降ったあと、ゲレンデがオープンした直後に鬼無由紀子が働いているペンションに泊まっています。そのときは男だらけのグループですね。被害者をナンパして、以来交際していました」

「交際中だったんですか？」

「そうです」

「つまりそれは……」

柴崎明里の方と、二股をかけていたということになるのか。

「そういうことをしそうな男だった」

ソファの肘掛《ひじかけ》に優雅に身をもたせ、浮名はどうでもよさそうな口調で言う。

彼もプレイボーイで名を馳《は》せた男だけど、噂になる相手はいつも玄人筋《くろうとすじ》が多かった。

僕にはわからない世界だけど、たぶん女性相手に色男を張るにも、なんらかの仁義があるのだろう。

浮名からすると、城田のように委細構《いさいかま》わず女と見ればとりあえずという男は、唾棄《だき》に値するタイプなのかもしれない。

もちろん色男であろうとなかろうと、僕にしたって城田の行動は決して誉められたものではないし、また、責めたところできりのない現象なのだろうなとも思う。

その手のことに淡白なタイプの僕には衝動が理解できないけど、でも確かにとにかく、いくらでも、どういうタイプでも、自分と付き合ってくれるならばなんとしてでも、という男は現実に存在している。

この手のタイプに限って、なぜか落とすまでは必死な癖《くせ》して、落としてしまうとどうでもよくなって、次から次へと、なんてのがいるのが寂しい。

こういう男に捕まってしまった女性は、たいへん気の毒だけど、男の方も落とすのに必死だから、避《さ》けることはできないのだろう。

「えっと……ってことは、柴崎さんもいるし、いや、〃いた〃し、城田さんは鬼無さんと柴崎さんと、二股かけてたってことになるわけですか？」

「そうです、まさにその通りです」

厳しい顔のまま、蓮杖は頷いた。

「由紀子の方は真剣だったようです。親が容認していた外泊もあったのは、城田とのことが遊びではなかったからでしょう。由紀子は三女でして、親にしてみたら、さっさと独立するかして嫁《よめ》にいってほしい、というのが本音だったようです。ただ、城田がやってくるのは冬に限った話だったようなので、奴の姿勢はあからさまに遊びですね。まぁ、ありがちな話と言ってしまえばそれまでですが……」

下世話《げせわ》な話に蓮杖はウンザリした顔つきで舌打ちする。

「といって、由紀子の方も決して純愛一辺倒《いっぺんとう》というわけではなく、やはり恋愛感情とは別に、城田を頼って上京することも目的のうちだったようです、城田の方は、言い方は悪いですが、現地妻的な存在で、由紀子が本命ではなかったということを証言しています」

「じゃあ、柴崎明里さんが本命だったと？」

それほど関係が密で、仲睦《なかむつ》まじくは見えなかったけどなぁ、と、僕は首をひねる。

「そこが城田の嫌なところでして、奴は言い難そうに、柴崎も遊び相手だったと」

「まったくもってそういうことを言いそうな男だった」

ここでまた浮名が茶々を入れる。

「実際、柴崎明里の遺体が発見されたと告げても、驚きはしても、悲しむ素振《そぶ》りはないんですよ。彼が言うにはですね……」

と、そこで蓮杖はノートを確認した。

「『悪いけど、殺したいと思うには愛憎が必須じゃない？　俺にはどっちにもそういう感情なかったのよ。愛してもいなかったけど、わざわざ殺すほど憎い相手でもないの。ぶっちゃけ、ユッコともアカリとも、ただヤリたかっただけ。第一就職決まってるから遊びに来たんだよ。コロシなんかして人生棒に振りたくないよ』とのことです」

「うへぇ」

沈黙していた蒲生と揃って、僕はウンザリした声を漏らす。

そういう感情や情動が男にあるのはわかってる。

ヤリたいから、とかいうだけで突っ走ってしまう本能的な感覚は、消すに消せない衝動になるものだ。

自分だって同じ男という種族だから、そういった本能の突出した部分の飢えた感覚は、まったくわからないわけではない。

だけどそれはないだろう、というのが感想だ。

それじゃあ動物と変わらないじゃないかと。

百歩ゆずって、相手も同じ感覚だったらいいのかもしれないけど、鬼無由紀子や柴崎明里は、どんな感情でもってこのサイテー男と寝たのだろうか。

「アリバイとか、どうだったんです？」

「一昨日の午後に関しては、これは裏を取っている最中ですが、城田が言うには、柴崎明里と一緒にHスキー場のゲレンデで夜までスキーを楽しんでいたと。三宅夫妻も、確かに二人の帰宅は十一時をまわっていたと言っています」

「ゲレンデにいたかどうかの証明は難しいですね」

「柴崎明里が亡くなってしまいましたので、話を聞くことができない」

厳しい表情と声で、蓮杖は唇を嚙む。

「実際、厄介《やっかい》なのはこちらのコロシの方です」

「……というと……」

断定的な言葉の中に、僕は想像力を巡《めぐ》らせた。

「……城田にハッキリしたアリバイがあるとか？」

「その通りです」

ニコリと少し笑顔を見せた蓮杖は、ふう、と一つ吐息をついてノートをめくる。

「城田は昨夜は夕食後、柴崎と共にいったん部屋に引っ込んでいます。しかしウトウトしていると、柴崎がいなくなっていたので、リビングに下りています。時刻は九時前ですね。そこで先生方のご友人ご一行がトランプなどをしていたので、混ぜてもらっています。遅い時間になると女性陣が引き上げ、残ったメンバーは賭《か》け麻雀《マージャン》に切り替えています。この間ずっと、城田は一行と一緒だったわけです」

「柴崎さんの死亡推定時刻は？」

「これはまだ解剖が済んでいないので、ハッキリしていませんが、我々はおそらく夕食のあとすぐに殺されたとみています」

「いなくなった時刻ですね？」

「ええ」

「じゃあ、城田さんが殺すこともできたのでは」

「茶屋に連れて行き、遺体を損壊することができません」

「ああ、そっか」

仮にこのロッジで殺したとしても、彼女を茶屋まで運ばなきゃならないんだった。

確かにそれは重労働だし、自分も遭難しかねない厄介な行程である。

「現場は茶屋だったんですか？」

「今のところわかりません。周囲の状況から判別するには、昨夜も雪が降り過ぎた」

「犯人の都合《つごう》よくできていますね」

僕も一緒になってため息をつき、事件の概要を頭の中で整理する。

「百目木君はどうです？」

「逆に百目木道弘にもアリバイはありました」

蓮杖が誰を犯人と目《もく》しているのかわからない。

でも少なくとも昨日よりはずっと、百目木君に対する疑惑が拭《ぬぐ》えているのは確かだと思われる。

「彼の方がハッキリしているのでは？　事情聴取で戻りが遅かったはずです」

「その通りです」

蓮杖は深々と頷いて見せた。

「まず鬼無由紀子の件ですが、一昨日は午前中からロッジの仕事で従業員仲間にも、三宅夫妻にもたびたび目撃されています。茶屋までは徒歩の行き帰りで二時間強かかります。ロッジのスノーモービルは全て出払っていました。車で鬼首峠《おにこべとうげ》に辿り着くことは無理ですし、それこそナイトスキーを楽しんだ客のために道具を整備して翌日の準備をするのも彼の仕事なので、城田、柴崎を迎え出ているのも彼だ。一日中働き通しですよ」

「…………」

〝彼には動機がない〟という言葉を、僕は飲み込んだ。

もし百目木君が、事故の後遺症で女性の肉体を破壊することに惹《ひ》かれる危険人物に変貌《へんぼう》してしまっていたとしたら、感情的なところはともかく、衝動そのものが動機となる。

「また、昨日はですね、それこそおっしゃる通り、我々が彼を拘束《こうそく》していたんです。彼が帰宅したのは夜の九時近かったでしょう。ロッジの周辺には見張りもついていました」

「百目木君の帰宅後のアリバイは完璧なんですね？」

「一定の時間までは、です」

「どういう意味ですか？」

「それがですね……」

言いにくそうに口ごもり、蓮杖は咳払いする。

「ここだけの話なんですが、見張りは百目木をマークしていたわけじゃない。ロッジの正面玄関を張っていただけです。仮に裏口や窓から出ていかれても、見咎《みとが》めることはできなかったんですよ」

「それは見張りとは言わないんじゃないですか？」

浮名が鼻でせせら笑うと、さすがに蓮杖はムッときた様子で顎をそらした。

「ですが昨夜はご承知の通りの猛吹雪でした。あの中を徒歩で出て行くことは不可能だし、仮にモービルを使ったとしたら、音で発覚します」

「だから百目木君にも犯行は不可能だと？」

「……なんと言いますか……」

僕の指摘に蓮杖はケチョンとなってうつむいた。

確かになんとも言えない状況になっている。

僕は概要をまとめるために蒲生を見やった。

蒲生はさっきからずっと、僕のノートパソコンに蓮杖の語る内容を打ち込んでいた。

「動機では城田誠一が一番怪《あや》しいですね」

「二股を責められて勢いで殺した、という怨恨説《えんこん》なら確かに納得がいくね」

蒲生の言葉に僕は頷く。

モニターにはきれいに関係者の図式が描かれている。

こういう作業をやらせると、蒲生は本当に器用だ。

「だけど本人の弁に拠《よ》れば、殺すまでもない遊び相手だったということになる」

「本人が語らなくても、彼に愛情の意味がわかっているとは到底見えなかったね」

ふんっと、浮名が馬鹿にする。

僕もあの手の男は好きではなかったけど、浮名も相当気に入らない人物らしい。

「仮に二股を責められて由紀子さんを殺したとしても、なぜ遺体を損壊したんだろう」

「それは都市伝説にかこつけて、猟奇殺人の線に見せかけたかったのではないですか？」

別のウインドウには、蒲生が〝鬼首峠の腹裂き女〟のスレッドが掲載されたホームページを開いている。

「どこに住んでいようと、この都市伝説は知ることができます」

「じゃあ百目木君に、最初から罪をなすりつけようとして？」

そのためには百目木君がこのロッジで働いていることまで知っていなければならない。

そこまで計画して殺されなければならない理由が、十九歳の鬼無由紀子にあったのだろうか。

「ほかの線がありますかね」

「どうだろう」

自分で疑問を口にしながら、僕は考えこむ。

「あとは柴崎さんだよね。彼女まで殺さなきゃならなかったのはどうしてなんだろう」

「やはり二股を責められて？」

「だってもう由紀子さんは亡くなったのに？」

「あの時点では、遺体の身元は発覚していませんでしたよ」

「あ、そっかそっか」

僕は蒲生がクリックして見せた時間軸を眺める。

「こうして見ると、百目木君と城田さんが共犯者だったら、できなくはないのかな、って気もしてくるね」

「二人はまったく接点がないですね」

蓮杖がノートを見て言った。

「年齢は百目木が二十四、城田が二十三と、一つ違いではありますが、大学もまったく違いますし、住んでいる場所、仕事場、まったく関係ありません」

「どっちにしても、あの二人の気が合うようには見えないよ」

首を振り、浮名が共犯説を否定する。

「百目木君は、理由はどうあれ、事故で亡くなった恋人に気持ちが残っているから、今もここに滞在しているんだろう？」

「ええ、そうです」

蓮杖がちょっと言いにくそうに請《う》け合《あ》った。

それは三宅夫人から聞くことの出来なかった情報だ。

「彼が今も鬼首から離れないのは、亡くなった恋人が忘れられないからだと聞いています。救出後、意識がなかったので恋人の遺体と最期の別れができなかったらしく、実感がわかないのではありませんかね……。今回の事件に関しても、彼の言葉は、城田よりよほど感情的で苦痛に満ちたものでした。正直、個人的な見解からすると、あの百目木が猟奇的な衝動で無関係の女性を手にかけるとは言い難いですし、城田の動機を聞いたうえで殺害のアリバイ作りなどに協力してやるとも思えません」

「そうだよねぇ」

僕も個人的に、百目木君のあの遠くを見つめる繊細な瞳を思い出すと、彼が血腥《ちなまぐさ》い衝動を隠していたり、あるいは世俗の垢《あか》にまみれまくった城田のために手を汚すとは、考えたくなかった。

いったい誰が、どうして女性たちを手にかけたのだろう。

ロッジの中ではない、どこかに、気味の悪い欲望を抱えた殺人鬼が潜んでいる、と言われた方が、話は確かに簡単のような気がしてくる。

蓮杖と一緒になって、『参ったなぁ』と言ってしまいそうになって、僕はただ黙って蒲生の記したノーパソの情報を見つめていた。

◆◆◆◆◆◆

薄ら寒い空気が肺を満たす。

暑いほどの室内にいたせいで、寒さは最初心地よかったが、すぐに不快へと変わる。

神谷沙織《かみやさおり》は時計を見下ろし、約束の時間を確かめた。

ロッジの裏口から出てすぐの場所に大きな納屋《なや》がある。

スノーモービルや貸し出し用のスキー、貯蔵食料などが置かれた納屋には、待ち合わせの前に調べた通り鍵はかかっていなかった。

警察の取調べがあったせいだろう。

深くは考えずに、神谷は冷たい風を避けて納屋の中に入った。

もちろん不安はあったが、すぐ外に警官が配置されていることは知っている。

外は快晴で、隠れる場所もどこにもない。

声をあげれば助けはすぐに来る。

こんな場所で暴挙を犯せば自分にとってマイナスになるばかりだということは、呼び出した相手にもわかるだろう。

もっとも常識を持っていたりしたら殺人など犯さないだろうから、そういう点では神谷も決して無防備というわけではなかった。

だがどういう結果になったとしても、彼女自身にあとがないことも事実だった。

周りが自分をどう見ていたか、彼女はそのことをもう知っている。

いつまでも浸かっていられると信じていたぬるま湯が、実はもうすっかり冷め切っていたことに気付かされたとき、彼女には何も残っていなかった。

仕事しかなかったから、彼女にプライベートはない。

つまるところ、恋人はなく、家庭もなかった。

もし仕事を辞《や》めて実家に帰ったとしても、居場所なんてない。

どこにも行くところがないのに、試すべきことを試さないのは性に合わなかった。

結果がダメになったとしても……いや、神谷は結果をダメにするつもりなどまるでなかった。

彼女のその闇雲《やみくも》な自信が、こういう場面を招いた、と言えるのだろう。

「……呼び出してごめんなさいね」

納屋のドアが開き、待っていた人物が顔を出した。

「…………」

慎重にあたりを見渡し、神経質そうな顔つきで無言のまま神谷を睨《にら》む。

灯《あか》りがついたままの納屋の中に、神谷以外の人間はいなかったが、物陰にいくらでも人が潜めると疑っているらしい。

「……何か用ですか？」

彼は声を潜めてそう尋ねた。

呼び出したのは神谷だったが、二人に接点はなかった。

「わたし貴方《あなた》に頼みがあるのよ」

神谷は落ち着くために煙草《たばこ》を取り出して火をつけた。

自分自身が落ち着くためにも効果的だったし、相手も緊張感を解いてくれたら、と考えての行動である。

後がないのは自分よりも、むしろ目の前に立った男の方のはずだった。

こちらの申し出に従うも従わないも勝手だが、現実からは逃《のが》れられない。

「頼みってなんです」

男は出口のそばに立ったまま、慎重に問う。

乱暴な雰囲気はない。暴力的な圧迫感もなかった。

しかし神谷はあくまでも安全な距離を取り続ける。

一人も二人も三人も、今の男にとっては足し算より簡単に解ける殺しの連鎖《れんさ》だろう。

助かるために、自分自身のために殺し続ける男の衝動は、がけっぷちの神谷にも理解できなくはない。

「手記を書いて欲しいの」

「手記？」

あまりにも思いがけない申し出に、男は目を丸くした。

「なんで自分が……」

「貴方にしか書けないからよ」

そこで神谷は胸ポケットから小さなデジタルカメラを取り出した。

スイッチを入れ、画面を出して男に見せるため突き出す。

「これ、よく見て」

「…………」

男は視力が悪いのか、まぶたを伏せるようにして目を細めて映像を見つめる。

「別に名乗り出る必要はないわ。自首してなんて野暮《やぼ》なことも言わないわよ。わたしは正義の味方なんかじゃないし、殺された人たちは気の毒だとは思うけど、他人だから。だけど手記は欲しいの、どうしても」

「…………」

男の目に、ジワジワと事実を宿した危機感の色が浮かび上がってきた。

いつの間にそんな写真を撮られていたのか……。

これが携帯電話の写真であれば、音で気付いただろうが、神谷が手にしているのはあまりにも小さなデジカメだった。

「どうしてこういう事件を起こすことになったのか、貴方の生《お》い立《た》ちから追いたいわ」

「……なんのために……そんな……」

「映画にしたいの」

神谷は微笑《ほほえ》んで言った。

「……はぁ……っ」

男の顔が、驚きで大きく変容する。

「アンタ、おかしいんじゃないのか？　映画だって？」

「おかしくなんかないわよ、こういう映画は世の中にいくらだってあるわ」

「…………」

男は馬鹿らしいとばかりに首を振った。

「これはね、犯人自身の手記を原作にした映画よ？　それにHスキー場は舞台としても華やかで、若者受けするわ。スキーもスノボも、特別ハヤリってわけじゃなくなったけど、でも定番としての食いつきはやっぱりあなどれないわ」

夢を語る者の口調で神谷は言《い》い募《つの》る。

相手が誰なのか、どういう人物であるのか、説得しなければならないという熱にうかされて忘れていた。

「もちろん貴方には原作者としての印税がたくさん入ることになるのよ。手記だけでもどれくらい売れるか、ベストセラー間違いなしよ」

「興味ないよ……そんなこと」

「大衆が忘れたころに、あの事件を映画にしました、なんていうのじゃダメなのよ。みんなが覚えている鮮度の高いうちに、〝これが事件の真実です〟ってさらさなきゃ」

「興味ないって言ってるんだ、アンタはおかしいよ」

男は背中を向け、出ていこうとした。

いや、そういう素振《そぶ》りをしてみせただけだった。

案の定、逃げられてはまずいと思った神谷が、反射的に距離を縮め、『待って』と言って近づいてくる。

背中に体温を感じた瞬間、男は振り向きざまナイフを一閃《いっせん》した。

「グフッ」

「やった」

男は思わず勝利の声を漏らす。

神谷の喉がきれいに裂かれて声が消えている。

ゴボコボと溢れる血を止めようとするように、神谷が両手で裂かれた自分の喉を押さえていた。

男は無造作《むぞうさ》に歩み寄り、返り血を気にせずナイフを振るった。

「グ……ヒ……ッ、ク」

神谷は泣きながら逃げ回ったが、声は出せず、血の溢れる音とシュウシュウという空気の漏れる音が生命のはかなさを知らせた。

歩いていられずに横倒しになり、グサグサという感触が苦痛となって腹に集中する。

もし生きて助かったら、この経験を絶対に手記にしなければ、と、神谷は妙に冷静に考えた。

しかし耳にザクザクという音が聞こえて、それが自分の腹を裂いている音だと気付いた時には、もう正気を保つことはできなくなっている。

天井がグラグラと回り出し、真っ赤に染まった。

「ア……グ……」

なんでもいい、形のあるものでも、ないものでも、この世にある何かすがれるものがあるならば、助けてもらいたかった。

もしそれが狂信的な邪教《じゃきょう》だとしても、信じることで救われるなら信者になりたい。

どんな悪事に手を染めるのも厭《いと》わない。

金でも権力でも、なんでもあげるから、命だけは助けて。

死にたくない、絶対に死にたくない、死にたくない！

そう思う彼女の意識は唐突に途切《とぎ》れる。

もし自分の命を大切に思う心が、男を呼び出す前に生まれていたら、彼女は死なずにいただろう。

金も権力も、何もいらないと、もっと早くに思うことができていたならば……。

◆◆◆◆◆◆

仕事をしなきゃ……。

そんな風にしてワープロソフトを開くものの、なんとなく事件のことをツラツラと考えては、例の〝腹裂き女〟の都市伝説を見るためにネットにつなげてしまう。

事件のあらましを聞く限りでは、百目木君が無関係とはどうしても思えない。

というよりは、彼の遭難が無関係とは思えない、と言うべきだろう。

犯人が誰だとしても、腹を裂いて噂の茶屋に放置したということは、昔の遭難に関していろいろと噂が出回っていることを知っていたのは間違いない。

「…………」

僕は眉を顰《ひそ》めると、蒲生の残した相関図をじっと見つめる。

それとも遭難事故のとき、すでになんらかの猟奇的趣味をもった犯人がいて、そいつが祥子《しょうこ》さんを殺したんだろうか……。

いや、いくらなんでも、茶屋が埋まってしまうほどの豪雪の中、自分の命を顧《かえり》みずに偏執《へんしゅう》的《てき》な殺人のために、誰もいないはずの峠に向かう馬鹿はいまい。

「……わっかんないな……」

唸《うな》りそうな勢いで考えてみたが、もちろん答えは出なかった。

「仕事しなくていいの？」

僕の百面相《ひゃくめんそう》を見ていたのか、浮名が苦い口調で口を出した。

彼が僕の仕事のペースに口を挟んだのは久し振りのことだ。

「もちろんするよ」

僕は適当に言いながら、でたらめにキーボードを打った。

「……事件のことが気になって集中できないなら、いっそ蓮杖さんに頼んで、一足先に東京に帰してもらわない？」

「ええ？」

キーボードから手を離し、僕は椅子《いす》ごと回転して浮名を見つめた。

淡いベージュピンクのもこもこセーターを着た浮名は、このうえなくハンサムで清潔で、絵に描いたようにロッジの白木の空間にマッチしている。

「さすがに便宜《べんぎ》をはかってくれるとは言っても、今東京に帰ったらまずいんじゃないか？」

「俺たちが事件と無関係っていうのは、あの人にはわかってるんだから、そこは口を利いてくれるだろう」

「いや……でも、まずいよ」

口ごもり、僕は唇を尖らせた。

「それに、こんなことで融通《ゆうずう》をきかせてもらうっていうのも、なんだか職権乱用させるっぽくて、やっぱり気が引ける」

「別にいいんじゃないの？　アンタのためだったら、あの刑事、喜びそうじゃない」

うろんげな眼差《まなざ》しになった浮名は、たちまち不機嫌になる。

「せっかくなんだし、そういう権力はぜひ使ってもらいたいと思うよ」

「でも、今東京に帰ったってさ、やっぱりこの事件のことが気になって、仕事は無理そうな気がする」

「そんなこと言ってたら、どこに行ったって結局仕事なんてやりゃあしないよ」

「……お前に言われたくない」

ムッときた僕は、頭にきて椅子から立った。

「お前がなんの苦労もせずに書いてるとは言いやしないけど、オレの仕事のペースに口出しされたって、うまくいきゃしない」

「口出しなんてしないよ」

「したじゃないか、今」

「それはペースの問題じゃないよ、姿勢の問題だろう？」

売り言葉に買い言葉という典型的なパターンで、浮名の口調もきつくなっていく。

「ここにいたら環境が変わって書けるんじゃないか、なんて言ったって、結局こうなっちゃったら、いい環境なんて言えないじゃないか」

「それはそれ、これはこれだよ」

「そんな都合《つごう》いいこと言っちゃって」

口調も荒く、浮名は僕を強く睨《ね》めつけた。

「何度も言うけど、事件のことは警察に任せて、あんたは仕事をちゃんとやんなよ」

「やってないなんて言われたくないよ」

「もちろんやってないとは言わないけど、事件にかこつけて逃避しているように見えるから言ってるんだよ」

「…………」

ムカッときた僕は、自分でもわかるくらい強い視線で浮名を睨み返した。

浮名も言い過ぎたとはわかっているのだろう。ちょっと苦い顔つきになったものの、間違ったことを言ったつもりはないのか、前言をひるがえそうとはしない。

「仕事のことはお前と話したくない」

「俺だって言うつもりなかったけど……」

背中を向けた僕に、浮名が言いにくそうに言い訳する。

「ねぇ、こんな事件に関わっても、何もいいことなんてないことは、あんただってわかってるだろう？」

「………」

僕は押し黙り、窓に張り付いて雪の白さで心を洗う努力をした。

「ましてや今度の事件は、なんだか気分が悪いよ。最初にあんな死体を見たせいっていうのもあるけど、それだけじゃなくて……なんだか、嫌な感じがする」

「なにが」

「なんとなく、嫌な感じだよ」

「………」

浮名がこんな風にナーバスになるのはめずらしいことではなかったけど、それでいて彼は割と現実派の人物だ。

たとえば幽霊とか、怖がりはするけど信じていないタイプの人間である。

そんな彼がやたらと自分の感覚を口にするのは、確かにちょっといつもと様子が違っていた。

「大丈夫だよ」

大きく深呼吸して落ち着きを取り戻した僕は、肩越しに振り返り、ニッコリと笑ってみせた。

「オレ、お前に言われたとおり、どこにも出かけたりしてないだろう？」

「それはそうだけど……」

「これからだって、どこにも出かけたりしない。何があっても帰るまではこのロッジからは出ないから。そうしたらお前だって、オレがどこにいったとか、危ないんじゃないかとか、心配することもなくなるだろう？」

「………」

僕の背中に近づき、ピッタリと寄り添った浮名は、優しく両手で抱きしめてくれる。

不安なのは彼の方で、事件の現場から一刻も早く離れたいのだろう、というのがヒシヒシと感じられた。

「だいじょ……う……」

彼の手を叩いて安心させようと声をかけ、何気なく窓に向き直った僕はギョッとして口を閉ざす。

窓の下は裏口になっている。

ここはおよそ三階部分になるが、雪が積もっているから一階部分はほとんど埋もれてしまっている。

裏口のコンクリートの階段から上がったところは、一応少しは雪避《ゆきよ》けがされていたが、毎日ざんざん降るのだから、従業員の数のこともあるし、このロッジではほとんど埋もれっぱなし

というのが現状である。

その雪に埋もれた裏口付近も、警官の出入りによって踏み荒らされていた。

誰がどういう時間に出入りしたか、かえってわからなくなるのは間違いなさそうだ。

その荒らされた雪の上を、一人の青年がゆっくりと移動している。

ゆっくりになっているのは雪の上を歩いているからではなかった。

いや、もちろんそれもあるだろうが、それだけじゃない。

「ん？」

僕が固まっていると、浮名が不審に気付いて同じように窓の下を見やった。

「……やめとけ」

僕は手を伸ばし、浮名の首を反対に押しやる。

彼は声もなく、僕の体を抱きしめて震え出した。

雪の上の青年が何かに気付いたように顔をあげて、こちらを見た。

百目木《どうめき》道弘《みちひろ》の目が、虚《うつ》ろな感情を示して僕たちのいる窓を見上げている。

彼は両手に血だらけの人形のようになった神谷沙織の惨殺《ざんさつ》死体を持って、雪の中を引きずっていた。

4　鬼さんこちら

パトカーのサイレン音はもうしなかった。

マスコミが押し寄せて大変な騒ぎになったのも束《つか》の間《ま》で、日が落ちればさすがに極寒の中に張り込むような命知らずの記者もいなくなる。

ロッジに宿泊した全員が、もちろん従業員の人たちも含めて、たった三日でそれこそ遭難者のごとく疲労しきっていたのではないかと思う。

こういう形で事件に巻き込まれることは予想していなかったから、僕たちはみんな言葉少なだった。

何かの間違いだと、涙ながらにずっと騒いでいた三宅《みやけ》夫妻の、慟哭《どうこく》にも似た声が今も耳についている。

マスコミがどんな煽《あお》りで書き立てるかを想像すると、同情を禁じえない。

奥さんは百目木《どうめき》君が連行された後は、自室に引きこもってしまった。

三宅氏が、沈む従業員たちと一緒に夕飯のしたくまでかろうじてこなしてはいたけれど、その心中《しんちゅう》は数時間で見る間にこけていく頰《ほお》を見るだに明らかだった。

何かの間違いだったら、どんなにいいだろう……。

だけど目撃したのは僕自身だった。

曳航社《えいこうしゃ》編集、神谷沙織《かみやさおり》女史の惨殺《ざんさつ》された遺体を運んでいたのは、間違いなく百目木道弘《どうめきみちひろ》君だったのである。

この目だけを疑うにしても、あの時一緒に見ていた浮名《うきな》の存在もある。

否定したい心境とは裏腹、事件の核心に百目木君が絡《から》んでいることだけは間違いない事実なのだ。


青ざめた顔で部屋にやってきた蒲生《がもう》は、さすがに同僚が亡くなって沈鬱《ちんうつ》な様子をしていた。

夕飯を終えた僕たちの部屋には、浮名のほかに桑名《くわな》がいた。

こんな折でもたらふく食べて満足したのか、桑名は人の部屋に押しかけてきて長椅子《ながいす》に寝そべり、半分眠りそうな顔をしている。

「どうも」

蒲生は全員に頭を下げ、僕が示したソファに腰かけた。

大きな吐息が、彼がこの部屋に来るまでに味わった疲労の深さを思わせる。

「こんなことになるなんて……」

言っている言葉は、別に僕を責めたものではなかったけれど、なんとなく、これまでのことを考えると、行く先々で事件に遭遇する〝死神〟に関わったばかりに、と言われている気がしなくもない。

はす向かいのソファにすわった僕は、テーブルを見つめて唇を噛《か》んだ。

「……ごめんな、蒲生君」

「なんで天音《あまね》が謝るの」

なんとも言えない気分で謝罪すると、浮名がムッとした調子で睨《にら》む。

「天音は何もしてないだろう。いつもの調子はどうしたの？　悪いのは犯人で、あんたは何も悪くないでしょう？」

「そうですよ、天音先生。浮名先生のおっしゃる通りじゃないですか」

力なく微笑《ほほえ》み、蒲生も頷いてみせた。

「こんなことになってショックは大きいですが、もちろんまったく、先生の責任なんて一つもありませんよ」

「……ああ」

弱気になっていたのは僕の方だったのかも知れない。

あんな遺体を見たせいもあるだろうけど、何より一番驚いたのが、百目木君が事件に関わっていたという事実だった。

「オレは……無意識のうちに、彼がどういう形だとしても、事件に関与しているとは思いたくなかったんだなぁ」

「天音……」

落ち込んでいる僕の隣にすわった浮名が、肩を支えてくれる。

蒲生の前だったから、僕はちょっと照れて彼の手を軽く叩《たた》いて制した。

浮名は不満そうにしつつも、手を引いてくれる。

「できることもないですし、自分たちで事件の整理を少ししてみませんか？」

僕たちの雰囲気に気付いていても、気付かない振りを貫《つらぬ》ける優秀な蒲生は、自分のノートパソコンを開きつつ言った。

「神谷さんに関しては、僕が情報を提供できます」

「いいね、面白《おもしろ》そうだね」

事件にまったく興味を示していなかった桑名が、身を起こして口を挟む。

反発したい気持ちもあったけれど、髭面《ひげづら》の彼ののほほんとした顔を見ていると、脱力気分の方が高まって、いい意味でリラックスした。

「うん、そうだね」

「………」

僕も蒲生の申し出を受け入れたので、浮名が何か言いたげにしていたけれど、こうなっては止まらないことを知っているせいか、ため息一つで口を閉ざす。

「神谷さんが殺されなければならなかった理由が、君の知ってる情報に隠れているかもしれないね」

「そうですね、決してクリーンな人物というわけではありませんでしたから……。もちろんそれで殺されてもいいなんて理屈にはなりませんが、でも、僕の見解《けんかい》としては、彼女も犯人の前に立った時、まるで無垢《むく》だったとは思えません」

蒲生が示したモニターの中に、再び相関図が浮かび上がった。

「問題のある編集だったの？」

神谷女史とは仕事で関わることは今まで一度もなかった。

業界の噂話もまったく知らないわけではないが、作家仲間なんて少ない僕の耳に入ってくる話題は限られている。

「作家さんとの間で起こしたトラブルは目立っていませんが、社内においては優秀な編集という評価はありませんでした」

蒲生は言いにくそうな表情をしたが、それも故人《こじん》のためと思ってか、淡々と説明した。

「神谷さんは四十代で、編集の中ではベテランの部類に入ります。そういう意味では、僕よりずっと先輩ですが、仕事面で参考になる方ではありませんでした」

「可もなく不可もなく？」

「……当社の判断では、不可でした」

「クビ候補だったの？」

こんなところまで同行しているくらいだし、あの自信たっぷりな神谷女史にそんな背景があったなんて思いも寄らなかった。

「それにしては、やる気満々に見えたけれど……」

「異動が内定していたんです」

「ああ、わかるなぁ」

桑名が口を挟み、亡くなった人をまったく尊重する気配《けはい》もなく言い捨てる。

「あの人、仕事に関してはうるさいだけだったんだよねぇ。着眼点も、一般人のゴシップ屋と同じで、つまんなかったなぁ」

「ええ、そうなんです……」

言いにくそうに、けれど蒲生は極力自分の感情を殺して続ける。

「僕もこの仕事についてから、編集という職業にも、カケラながら才能というものが必要なのだと知りました。向いてる、向いていないというのももちろんありますが、そこには勉強では手に入らない〝好きだからやっていられる〟情熱であるとか、作家さんの持つ力や輝きを察知する能力が必要になってくるんですね。僕は自分でそういうカンを信じて行動していますし、幸い周囲も評価してくれているようです」

「君は才能あるよ」

軽い感じで僕は笑ったが、それは本心だった。

「僕を見つけてくれたから言ってるんじゃないよ？」

「あはは」

声を出し、かりそめでも元気に蒲生は笑った。

「もちろん作品を作るうえで根本的に必要なのは、作家さんの力です。でも、運がなかったり、場所がなくて埋もれていく作家さんたちの中に、自分の目を信じて力をつぎこむことのできる編集にも、能力が必要になるんですよね。そして、そうやって目をかけた作家さんが、正当な評価を受けた時には、編集冥利《みょうり》につきるわけです」

「二人三脚だね。僕もデビューしてからは、編集の力がどれほど大事か知ったよ」

浮名の言葉に、蒲生は感謝の意を示して静かに深く頭を下げる。

「でもまぁ、あの女史にはそんな能力なかったわけだ」

冷たい口調で桑名が断じた。

「ネットでちょっと話題になった都市伝説をネタに一本、なんて、浮名センセに依頼する時点で侮辱《ぶじょく》してるとしか思えねぇよ」

「いや、僕は別に、そんなご大層な作家じゃないよ」

謙遜《けんそん》してるわけでなく、浮名は苦笑して首を振る。

「お前、過大評価しすぎだよ、桑名」

「俺は浮名センセを神様だと思ってるわけ。話題性だけで観《み》る人間がキャーキャー言うミーハ

―作品に、神様を起用できるかっての」

逆に自分の誇りを傷つけられたとでも言うように、桑名は不愉快《ふゆかい》を声にして言った。

「なし崩しでも企画の方向に持っていかれなくてよかったよ」

「僕はどっちかというと、そういうミーハーなのが好きなんだけどね」

「センセは好きなようにやってくれたらいいの。料理するのはこっちの役目よ」

「………」

桑名と浮名の会話に入れず、僕はちょっと冷めた眼差《まなざ》しで二人を眺める。

ここにはここで、僕と蒲生の間に通ずるような関係があるわけだ。

つまりは二人三脚で、あれほど積極的だった神谷女史の提案に桑名が乗り気でなかった理由がようやくハッキリした気がする。

桑名は創造主としての〝浮名聖《うきなひじり》〟の能力を見出し、もっとも買っている映像作家なのだ。

浮名の作る世界を映像にして、それを観客に対して、いかに彼の世界観を崩さず提供できるか挑戦している。

悔しいけど、僕がどれだけ浮名を愛していても、彼の世界観に惚れて自分の世界を捨ててまでのめり込むファン心理や、耽溺《たんでき》するための覚悟は僕にはない。

桑名の製作した浮名聖の作品は、どれも浮名聖の小説とまったく同じ効果を大衆にもたらした。

明るく、わかりやすく、単純な物語の中に、笑いや涙や感動や怒りが練りこまれている。

観終わったあとに絶対に暗い気分にならず、意気揚々とした気分を味わうことのできる浮名の作品の魅力は、僕には絶対に真似できないものだった。

——だけど、それでいいのだ。

僕は、僕を見出してくれた蒲生の熱い言葉に、作家としての自分の役割や、苦しんで生み出された作品が、いかに大切に世間に提供されているかを思い出す。

事件が終わったら、きっといい作品を書こう。

蒲生に、自分の目が間違っていたのかもしれないなんて、そんな思いを味わわせたくなかった。

「わかってきた気がする」

僕は神谷沙織、と記された部分を、軽く指でなぞった。

「つまり、神谷女史という人は、作家の個性よりも、ネタの派手さを優先して、創造性を捻《ね》じ曲《ま》げるタイプの編集さんだったたってことだ」

「はい」

モニターを見下ろす蒲生の目は、今はもういない神谷さんを悼《いた》んでいる。

彼女の風評を口にするのは、さぞやつらいだろう。

しかしあんな風に惨殺された彼女が安らかに眠るためにも、事件の解決は絶対必要だった。

僕たちができることは小さいけれど、警察にはやれないことが確かにある。

「異動って、どこに？」

思い出したような口調で、浮名が蒲生に問いかけた。

「社史の編纂《へんさん》部です」

「出版社の組織図ってくわしくないけど、地味な部署だよね」

相関図の中に、異動、という文字が加えられる。

「異動したら編集の仕事はできなくなるってことかな」

「そうです。まぁ、ハッキリ言ってしまえば、一線から退《しりぞ》いてもらって、編集を続けたければ、よそに行けという、無言の通告ですね」

「つまりはリストラ対象だったんだ」

僕の質問に、蒲生はコクリと頷く。

四十三歳という年齢を考えると早すぎるという気もしたが、有能でもない編集に、ベテランというだけで編集部に居座られるのは、出版社としては迷惑なのだろう。

冷たいようだけど、この業界は新鮮さが大事だ。

ベテランならベテランの味が必要であり、そういった長年の強みを培《つちか》えなかったのだとしたら、それはこの業界には向かない、というレッテルを貼られても仕方ない。

少なくとも、曳航社はそういう判断をしたのだ。

「女性ですし、口は達者ですからね、メソメソするタイプではありません。それも上役《うわやく》に反感を買った原因だと思います」

「仕事もできないくせに生意気な女ってのは、どこの世界でも嫌われるもんなのよ」

「まぁ、そうなります……」

ズケズケと言う桑名に、蒲生も否定はしない。

「悪い人ではなかったんですが、強引で自己中心的な性格をしていました」

「ってことは、このネタ話も、あの女史の返り咲きのための布石《ふせき》だったたってことか？」

「きっとそうだと思います」

蒲生の言葉に、僕はようやく納得した。

あれほど強く桑名や浮名にプッシュしていたのは、異動を取り消してもらうため、つまりは編集としての自分の力を会社に見せたいがためだったのか。

「この事件に神谷女史が自分から関わろうとして無茶をしたのは、これでわかったような気がするね」

僕が言うと、蒲生が頷く。

「先生も、そう思いますよね……」

「誰だってそう思うでしょう。今の話を聞いたら」

桑名が茶々を入れ、僕らは黙り込んだ。

だとしても、やはり彼女をあんな風にして殺す理由には、絶対にならないのだ。

どれだけのものを犠牲《ぎせい》にしても取り返すことのできない人命、その命と引き換えにしなければ成り立たないものなんて、この世にあるとは思えない。

「女史は自分から事件の渦中《かちゅう》に飛び込んだ。ということは、犯人に迫るキーを、手に入れていたんじゃないかな」

「ああ、そうですね」

「それはなんだろう……」

犯人にとって、神谷女史を殺さなければならないほどのキーだったはずだ。

それを握られていたら、自分がこれまで危険を冒《おか》してきた全ての行為が無になるほどのものに違いない。

「女史を殺さなくてはならない理由に、犯人と感情的なもつれがあったとは思えない」

「最初から見直しましょうか」

煮詰まっているムードに、蒲生が画面をスクロールする。

「違うよ」

〝鬼無由紀子《きなしゆきこ》〟という赤色で記された名前から更に、僕は上に画面をスクロールさせた。

「最初は彼女だ」

〝羽野祥子《はのしょうこ》〟という名前を見つけ、僕は苦い面持《おもも》ちで指摘する。

「遭難事故で亡くなったとされているけれど、警察が最初に百目木君を事情聴取したことを考えても、彼女の死が最初の原因であることは間違いないと思う」

「天音センセイ、いくらなんでも、茶屋で殺していたなら、百目木は逮捕されていたでしょう」

混ぜっ返した桑名が、ナイナイ、と手を振った。

「……彼女の死がどういうものだったかは、今のところ僕たちにとっては想像の中にしかないですね」

めげることなく、僕は自分の見解を述べ続けた。

「羽野祥子さんの死に、作為はなかったとしましょう。彼女と百目木君は、あくまでも遭難事故に遭い、彼女だけが亡くなって、百目木君だけが生き残った。しかしこの結果によって、都市伝説が生まれた。この内容が事実かどうかは問題ではありません。世間にとっては、こういう伝説がこの鬼首峠《おにこべとうげ》で発生したもの、という認識があった。初めて訪れた僕らだって知っていたんです。鬼首を訪れた誰もが、都市伝説の概要を知っていたでしょう」

「あの女子大生たちも知ってたな」

ニヤニヤしながら、桑名が浮名に同意を求める。

浮名はちょっと引きつって、僕に愛想《あいそ》笑いをしてみせた。

今更女子大生とチャラチャラしてたと聞いたところで、ショックはないけど、そういや、あの時は浮名が遺体を見てグダグダになってたから、その件を追及できなかったんだった。

思い出したからには、あとでキッチリとこの件を蒸し返さないとなるまい。

「二年後、鬼無由紀子さんが伝説と同じような形で殺害された。腹が裂かれて、内臓が出されているような無残《むざん》な殺害方法です。この被害者の身元がわかったことで、いくつかの〝なぜ〟が解けますよね」

「どれ?」

「仮定で考えた場合、鬼無さんのパターンでもっともハッキリしているのは、殺害現場が茶屋だったことです」

「茶屋に呼び出されて……ああ、つまり、顔見知りの可能性が大きいってことか」

「うん、そうです」

　桑名の指摘に僕は頷いた。

「鬼無さんは鬼首村の出身です。いくら田舎《いなか》とは言ったって、絶対に腹裂き女の伝説は知っているはずだ。その彼女が、百目木君の呼び出しに応じるとは思えない。また、わざわざHスキー場との行き来のためにゲレンデにのぼり、帰宅のために峠を越えようとするとも思えない。彼女はまず間違いなく、知り合いに呼び出されて茶屋に向かったんだと思います。それも、ごく親しい人にです」

「城田《しろた》くらいしか思いつかないねぇ」

「城田誠一《しろたせいいち》だと仮定します」

　僕はキッパリと、ここで彼を犯人扱いした。

別に僕が捕まえに行くわけじゃないし、これはただの考えの一つなんだから、構うことはあるまい。

「城田は三角関係の清算のためか、鬼無由紀子と話し合うために茶屋に呼び出した。たぶん彼の方では話がこじれず早く済む予定だったんじゃないかな。どういうつもりだったかはともかくとして、Hスキー場への近道をするために、途中に位置する鬼首峠を選んだ。殺すつもりがあったのかどうかはわかりませんが、まぁ、人気のない場所で話し合おうとしているんだから、いい話し合いになるとは思っていなかったんじゃないかな。そして、やはりそこで話し合いはうまくいかずに、城田は殺してしまった」

「でも、最初から殺すつもりだとしたら、あるいは、殺すつもりがないとしても、わざわざあんな場所に呼び出してまでするような話し合いって、三角関係の清算にしては、度を越えているような気がする」

浮名がいつものように否定的なことを言ったので、僕はとっておきの――というのも気が引けるけど、自分なりの想像を口にした。

「鬼無さんは、城田との話し合いで有利な立場を得るため、妊娠《にんしん》を盾にしたんじゃないかと予想できないか？」

「……また唐突《とうとつ》だな」

「いやいや、待て、なるほど、それはありそうだ」

浮名の声に、桑名が何度も頷いて身を乗り出す。

「天音センセ、やっぱりセンセイは探偵に向いてるよ」

「……僕は作家です」

嫌《いや》な誉め言葉に、僕はキッパリと言いきった。

「あ、もしかして、内臓ですか？」

「そう」

蒲生の声に、僕は指差し確認するようにして彼を差して正解の仕草《しぐさ》をする。

「城田は就職が決まっていた。自分でも言っているように、鬼無さんに対しても、柴崎《しばさき》さんに対してもまったく本気の恋愛をしていない。彼の性格を鑑《かんが》みても、もし彼女が妊娠したと告げられたからって、結婚しようとしたとは思えない。あるいは今回は二人の将来のことも考えてあきらめたとしても、なんらかの感情で、これからは彼女を大切にしよう、という方向にはいかなかったんじゃないかな。だから金か、もしかしたら、そういう代償は何一つ示さず、ただ鬼無さんを捨てようとしていたのかもしれない。妊娠が狂言だったとしても、本当だったとしても、城田の反応は変わらなかっただろうね。そして、彼女は殺された。弾みだったのかもしれない、計画的だったのかも、それは置いておこう。彼女を殺してしまった城田は、自分が容疑者となる自覚はあっただろう。彼女の遺体が解剖されて、妊娠が狂言でなかった場合、父親が誰かもわかってしまう」

「それで内臓を取り出して確認したんですか？」

「彼に法医学の知識があるとは思えないから、子宮を取り出して、仮に胎児《たいじ》がいたら捨ててしまえば、妊娠は発覚しないと思ったんじゃないかな」

「でもいなかった、と」

「うん、だから内臓をその場に放置していった。別に妊娠していないなら、捨てる必要はないからね」

「ああ、なるほど」

結構一同に頷かれて感心されてしまったが、これは全《すべ》て思いつきからの想像だ。

それを確認しつつ、更に考えを進める。

「城田が最初から全てを計算していたとは思いにくいけれど、都市伝説のことが頭にあったのは間違いないと思う」

「そうですね、逆にまったくなかったという言い訳は通用しないでしょう」

「彼は切り裂いた鬼無さんの遺体を、都市伝説の羽野祥子さんに見立てることで、犯行の動機を曖昧にした。変質者か、あるいは、百目木君に容疑が向けられることを見越したんだろう」

画面をスクロールして、僕は三人めの亡くなった女性の名前を出す。

「柴崎明里《しばさきあかり》さんが、もっとも城田の身近にいた。彼女は城田が鬼無さんを殺したのではないかと、疑っていたか、あるいは事実を知っていた。しかし仮にも恋人なので、表立って告発することができずに、警察の前でも何も言えなかった」

「殺害理由が密告を防ぐためだったとして、城田の奴には茶屋に運ぶ時間がないよ」

首を振り、浮名がまた否定する。

「柴崎さん殺害のアリバイがあるからこそ、最初の動機がハッキリしていても、警察は彼を逮捕できなかったわけでしょう？」

「そうじゃない」

僕も首を振り、蒲生が出してくれたタイムテーブルの画面を見せる。

「彼は殺せたんだよ。柴崎さんを殺害するだけの時間はあった」

「殺せても運べなかったら、あの事件は帰結しないよ」

「運んだのは別人だよ」

僕が言うと、みんな曖昧な顔をした。

「誰がなんのために城田をかばうんですか？」

言いにくそうに、蒲生が言う。

「共犯者がいると？」

「百目木君だ」

昼間に見たあの痛ましい光景を思い出してしまい、僕は目を閉じて言った。

「運んだのは間違いなく百目木君だ。殺したのが誰であろうと、運べたのは彼だけだ」

「でもなぜです？」

首を振った蒲生は、わけがわからないといった口調で続ける。

「あの猛吹雪《もうふぶき》の中を、城田誠一にアリバイを提供してやるために、百目木君がそうしなければならない秘密を握られていたとかですか？」

「………」

僕は答えるのを躊躇《ちゅうちょ》しうつむき、当時の百目木君の感情を想像する。

あの猛吹雪の中を——、蒲生がそう言ったように、あの夜は、今夜もそうだが、猛吹雪だった。

前も見えない、後ろだって見えなくなっただろう。

その雪の上を彼は半《なか》ば凍りついた遺体を運んだ。

途中からはスノーモービルだっただろう。物理的にずっと歩きだとしたら、それこそ百目木君はまた遭難する。

だが警察の目の届かない距離まで、彼はスノーモービルのエンジンもかけず、ひたすら進んだのだ。

その情熱、その決意は、断じて城田のためではなかっただろうし、ましてや秘密を握られたみずからの保身のためでもありえない。

彼の心境を思ったとき、事件は僕にとってこうして話している図式を想像させたのだ。

「とりあえず先に進めよう」

黙りこんだ僕がしゃべらないので、桑名が促す。

「殺したのは城田、運んだのは百目木ね」

「はい」

僕は頷《うなず》き、また画面は進んだ。

一番新しい相関図の中の赤い文字、〝神谷沙織〟だ。

「二件目の図式が、三件目にも当てはまります。殺したのが城田で、運ぼうとしていたのが百目木君です。もし僕たちに見られなかったら、彼はきちんと茶屋まで神谷さんの遺体を運んでいたでしょう」

「それでまた城田をかばう結果になったわけだろうが、どっちにしても容疑者になったのは百目木だなぁ」

桑名が眉を顰《ひそ》めて髭をいじる。

「城田をかばわなきゃならない理由が百目木にあったとして、それは自分が容疑者になっても構わないほどのものだったのかねぇ」

「百目木君の動機は置いておきます」

答えずに僕は続けた。

「神谷女史は城田にとってまずいものを握っていた。ここからは更に彼女の性格や立場からの想像になりますが、女史は自分の握った城田の秘密を盾に、桑名さんや浮名にしたような要求をしたのではないでしょうか」

「ええ？」

浮名が驚いて眼を丸くした。

「僕らが神谷さんから言われていたのは、都市伝説の脚本化、映画化だよ？　城田はようやく社会人になるスチャラカナンパ学生じゃないか、そんな男に、何を要求したって？」

「城田は確かにスチャラカナンパ学生だけど、神谷女史にとってはそれだけの人物じゃないだろう？」

「……犯人か……」

ポンと、桑名が手を打った。

「犯人の手記だ」

「そのあたりじゃないかと想像できます」

「ああ……そうです、きっと」

泣きそうな声で蒲生が言った。

「さっき、編集長が、泣きながら言ってたんです。神谷さんが朝食のときには、『やりますよ、私は、負けません、見ててください』って言ってたのに、って」

「犯人の手記を独占して、巻き返すつもりだったんだな」

「きっとそうです……きっと、それで神谷さんは……」

耳を塞《ふさ》ぐようにして、蒲生は嗚咽《おえつ》を殺す。

桑名の唇が自業自得、という単語を綴《つづ》っていたが、さすがに声にはしない。

どんな理由があったとしても……殺されていい人間なんていない。

少なくとも、同じ人間が、勝手に決められることではないはずだ。

死んでもいい人間と、死んではだめな人間を……。

「損得の問題を考えた場合、この図式が一番正解に近いのではないかと、僕は思います」

つぶやくように言い、僕はノートパソコンのモニターを閉じた。

「行きませんか？」

「どこに？」

立ち上がった僕を浮名が見上げる。

「城田のとこに」

僕が言うと、全員がギョッとした顔つきになった。

「奴が犯人なら、自首を勧めましょう。このままじゃ、百目木君が犯人にされてしまう」

「…………」

一同が顔を見合わせる間にも、僕は歩き出した。

もう誰も死んではいけないし、百目木君が傷つく必要はもうない。

城田が自首をすれば、すべてが終わる――はずだった。

城田誠一は、彼が犯人だと信じている僕からすれば、とてもまともとは思えない様子でリビングにいた。

リビングには他には宿泊客の姿もない。

彼は一人で鼻歌でも歌いそうな顔つきでテーブルに向かっている。

唇は微笑みの形をしていて、笑い声が聞こえそうな風情《ふぜい》だった。

先刻《さっき》蓮杖《れんじょう》刑事に確認したところ、やはり百目木君は何一つしゃべってはいないらしい。

沈黙が金と思っているからではない。

彼に語れる殺人の事実なんてありはしないだろう。

それでも口を閉ざしているのは、彼なりの決意があるからに違いない。

城田のあの余裕は、実際にはなんの裏づけもないと僕は思っていた。

それよりも自分の考えの正しさが、彼に自首を勧めずにはおれない気分にさせている。

「なんです？　大勢で」

僕らが城田の前に立つと、彼はさすがに驚いた顔になったが、ふてぶてしさは変わらなかった。

「ずいぶん余裕ですね」

僕が言うと、城田は本当に声をあげて笑った。

「そりゃあそうでしょう、犯人が捕まったんだから、もう誰かが死ぬこともないんだし、全員にかけられた嫌な嫌疑《けんぎ》も晴れたわけだしね」

「あなたの容疑が晴れたなんて誰が言ったんですか」

「……気に入らない言い方だね、俺だけが容疑者だったとでも言いたいわけ？」

「あんた以外の誰にも動機がないじゃない」

ふてぶてしさでは負けない桑名が、洋風の囲炉裏《いろり》を囲んだ頑丈《がんじょう》な椅子《いす》の一つにどっかりと腰を下ろす。

「やったのはあんたしかいないって、こちらのセンセイはおっしゃってるよ」

「あはははは」

僕が指摘するまでもなく桑名が言うと、城田はテーブルを叩いて笑い飛ばした。

「何言ってるんです。俺がどうしてあのオバチャンを殺したりしなきゃならないの」

「前の二件の殺人のどちらかの証拠を握られていたんじゃないんですか？」

うそぶく城田に僕は告げる。

リビングの声に気付いてか、気配がして、三宅夫妻がひっそりと顔を出した。

「あなたは鬼無さんを殺し、鬼無さんを殺したことで柴崎さんにも疑われて殺さざるを得なくなった。更に神谷女史にも証拠を握られて、殺すことにした」

「ずいぶん適当な想像だなぁ」

人の目を意識しつつも、城田はまったく悪びれた風はない。

「オバチャンの持ってた証拠ってなにさ？」

「それは……」

「……デジカメかもしれません」

僕が口ごもると、後ろから蒲生がささやいた。

「デジカメ？」

「まだハッキリはしていませんが、神谷さんのカメラが紛失している可能性が高いんです。警察から要請されて確認したんですが、残っていた荷物の中にはありませんでした」

確信がなかったのだろう。蒲生は言いながらも不安げだった。

「デジカメの写真だったんじゃないんですか？」

「そんなもの見たこともない」

当然のように僕をせせら笑い、城田は否定する。

「馬鹿らしいよ、あんたたち。人を犯罪者呼ばわりして、警察でもないのに」

「自首を勧めたいんです」

「やってもいないことで自首なんてできないね」

「じゃあみっちゃんがやったって言うの!?」

悲鳴のような声があがり、三宅夫人が飛び出してくる。

「城田さんがやったの？　みっちゃんにできるはずないんだもの、あの優しい子に、あんな惨《むご》いことできるはずがない！」

「そんなの知らねぇよ！」

乗り出してきた夫人の勢いに、城田は辟易《へきえき》したように立ち上がった。

「言っとくけど俺だって優しい男なんだ！　あんな残忍な真似、まともな神経してたらできるわけねぇだろう！」

「お願い、城田さんがやったなら、自首して、みっちゃんを助けてあげて！」

「千代《ちよ》……」

三宅氏が見かねて奥さんの体を押さえたが、奥さんは必死で城田に手を伸ばす。

「失礼しました」

「冗談じゃねぇよ！　こっちは恋人は殺されるわ、無関係なのに犯人扱いされるわ！　貴重な休みが最悪だぜ！」

絞るような三宅氏の謝罪に、城田は吐き捨てる口調になった。

「やったのは俺じゃないよ！　妙な言いがかりは二度とつけるなよ！」

「…………」

僕たちは謝罪しなかったが、城田は構わずに怒った態度で自室の方に消えた。

みずからの身を守るために他人を殺した男なのだ、簡単に自首をするとは思えなかったが、これは警察に働きかけるしかないのかもしれない。

「……先生、犯人はみっちゃんじゃないって、そう言ってくださるの？」

涙をこぼしながら、夫人が僕を見やった。

夫妻の間には子供がいないようだったので、百目木君の存在が本物の息子のようなものなのだろう。

心境を慮《おもんぱか》ると、僕も泣きそうな気分になる。

「僕はそう思っています。確信もしています。城田さんが犯人でなくては、理屈が合わないことが多すぎるからです」

「……先生」

ありがとう、何度もそう言いながら夫人は頭を下げた。

だけどお礼を言われるのはまだ早い。

僕はまだ百目木君を救うための行動は何もしてはいないのだから。

「…………」

肩をポンポンと叩かれて、僕は振り返り、後ろで複雑な表情を浮かべていた浮名に笑いかける。

僕らの心の平安のためにも、これくらいであきらめるわけにはいかなかった。

◆◆◆◆◆

携帯電話が着信して、蓮杖孝太《れんじょうこうた》は疲れた体を起こした。

相手を確かめずにボタンを押すと、聞き覚えの薄い声が名前を呼ぶ。

「あ、先生」

意識はシャキンとしたが、正直気分は晴れない。

蓮杖は周囲を見回し、時計を確認する。

時刻はもう深夜だった。

「いえ、何もしゃべりません。上は送検の手続きを取る気満々です」

電話の向こうの相手は、ため息と共に声を潜める。

――宮古天音《みやこあまね》だ。

蓮杖は彼の作品が大好きで、その渋い世界観にずっと憧れていた。

作品の数は決して多くないが、少ない作品はどれも秀逸《しゅういつ》で、特に現実的な人間関係や設定にはいつも感服してきた。

現実と物語は確かに違うものだが、宮古の作品にはそういった瑣末《さまつ》な事柄を埋めて有り余る確固とした世界観がある。

きっと自分よりずっと年上の、経験豊かな作家が描いているのだろうと思っていた。

というよりも、そうでなくては書けない世界だと思っていた。

しかし宮古は現実には自分より年下の若い青年で、しかも渋いとかごついとかいう表現からははるかに遠いタイプの人物だった。

どちらかというと、あれは〝かわいい〟というタイプで、そういう点では蓮杖には苦手なタイプなのである。

だが口を開けばその聡明さは明白で、やはり彼が宮古天音であることは間違いないと思わせてくれた。

「え？」

ボソボソとしゃべる声が遠く、蓮杖は立ち上がって窓辺に向かう。

外は大雪で、今日も暗闇を白い斜線がよぎっている。

「待ってください、それは……いえ、確かにそれは……」

思いがけない言葉を告げられて、蓮杖は周囲を見渡した。

刑事部屋に残っている人影は少ない。

取調室では今も百目木《どうめき》道弘《みちひろ》が詰問《きつもん》を受けているはずだ。

しかしあれはしゃべらないだろう……。

「いえ……はい、はい……でも……」

宮古の申し出は、刑事として蓮杖の受け入れられる内容ではなかった。

しかし雪の中、百目木が何をどう考えていたのか、その心境を慮ったとき、宮古の言い様は胸に染みる。

「……そうです……おっしゃる通りです」

蓮杖は頷き、沈鬱《ちんうつ》な面持ちで窓に額を押し当てた。

冷たさが体の芯まで凍りつかせる。

「しかし……それは……」

宮古の言葉には真実の重みがあった。

それは本来、蓮杖自身が自分で到達すべき場所だったのである。

「わかりました。先生のお言葉は、確かです」

蓮杖は決意して言った。

「はい……はい……そうします。ですが、このことはくれぐれも……ええ、もちろんです、信用しております」

自分も蓮杖さんを信じている、そう言って電話は切れた。

女たちが死に、男たちが残った。

吹雪の音に、生き残った男たちは何を思うのだろう。

蓮杖は感傷を振りきり、きびすを返した。

取調室の沈黙を破るのは自分の役目だった。

◆◆◆◆◆◆

まんじりともしない夜が明けて、僕は浮名と共に食堂に降りた。

朝ごはんにはいい時間だったけれど、顔を出している人は少ない。

城田がのうのうと席に着いているのが目に映り、僕はいろいろな意味で怒りに駆られた。

「天音」

席になかなか着けずに、城田の顔を睨み続ける僕の手を引き、浮名がテーブルに戻した。

「……わかってるよ」

僕らができることはもうない。

言うだけのことは蓮杖にすべて言った。

警察が馬鹿でないならば、そして百目木君がまだ理性を完全に失ったのでないのなら、このまま城田がのうのうとのさばり続けることはありえない。

「おはようございます」

泣きはらした目の三宅夫人が、僕のそばにワゴンを押して現れる。

「奥さん、あの……」

「いいんです」

僕が言葉を言うより先に、夫人は小さく首を振った。

「大丈夫」

そう言って頷き、銀色の鍋から熱いコーンスープを皿に注いでくれる。

「……何もできなかったかもしれません、だけど、真実は絶対に白日のもとに晒《さら》します。このままには決してしませんから」

「先生……」

百目木君を連行され、僕に対しても不信感を抱《いだ》いていただろう奥さんに頼ってもらえるだけの力が、果たして今あるだろうか。

できることはやった。絶対にやった。

でも逮捕できるのは……。

「あ」

サイレンの音はしなかったし、訪問のインターフォンも鳴らなかったけれど、どやどやという気配がした。

「蓮杖さん……」

目を向けると、待望の警官と刑事が複数、食堂の入り口に立っている。

「………」

蓮杖刑事は無言で、静かに少し頭を下げると、部下と一緒に黙々と食事している城田の元に歩み寄って行った。

独特の緊張とピリピリした空気で、食堂はおもてよりもずっと冷え込んだ。

「城田さん、事件の重要参考人として、署まで任意同行していただきたい」

「……俺が知ってることなら全部しゃべったよ」

城田はかたわらにごつい刑事が立とうと、警官がゆっくりと窓辺まで行って逃走を防ぐ行動に出ていようと、まるで関係ないと言わんばかりの態度で食べかけのパンをちぎっている。

「もう犯人は捕まったんでしょう？　やめてくれよ、こんな大げさに迎えに来てさ、まるで犯人扱いじゃないか」

「百目木道弘は自分が死体を運搬しただけだという供述を始めた」

「………」

そう告げられても、城田の目は『それが？』と言わんばかりだ。

「俺には関係ないよ。任意とかってなら、別にあれじゃないの？　裁判所の許可がないから、強引には連れて行かれないってことだよね？」

「同行を拒否すると？」

「寒いからイヤだね」

たぶん食堂にいた城田以外の全員が、憤怒《ふんぬ》と嫌悪《けんお》に駆られたことだと思う。

誰もが一旦動きを止めたその時だった。

バタバタと音がして、蒲生が遅れて食堂に入ってくる。

「蒲生君」

今は立て込んでいる、そう告げようとして立ち上がった僕は、ただごとではない蒲生の表情に、異変があったことを知った。

まさか新しい犠牲者《ぎせいしゃ》が……そう思った時、彼の手に立ち上げられたままのノートパソコンが無造作《むぞうさ》に抱えられていることに気付いた。

「……証拠ならある」

蒲生が声を発した。

それは叫ぶでなく、泣くでもない、しかし断固として犯罪者を許さない決意に満ちた声だった。

「神谷さんは万が一のために、僕の携帯に画像を送っていたんです。僕の携帯は、このロッジでは繋がらない、だから交渉が成立したら、アップした画像は削除《さくじょ》するつもりでいたんでしょう。だけど、神谷さんは、削除することができなかった。お前に殺されたからだっ！」

しゃべりながら、彼はテーブルの上でもどかしくノートパソコンを開く。

チラつくモニターは某携帯電話会社のサーバーにアップされた画像だ。

蒲生は使えない携帯にメールが届いているのではないかと、なにげなくパソコンで受信してみたに違いない。

「これは……」

蓮杖が引きつった声を漏らすと同時に悲鳴があがった。

「あぶないっ！」

僕の隣で浮名が警告を発する。

隙をついてテーブルに躍《おど》り上がった城田が、大きくジャンプしてワゴンの上の熱いスープ鍋をぶちまけた。

「アチチッ！」

蓮杖が飛びのき、僕も腕に熱湯のかかる疼痛《とうつう》を感じた。

「待て！」

しかし怒りと憎悪が、まさに僕に火をつけ、逃げようとする城田の腰に反射的に飛びかかっている。

「天音！」

「やめろっ！」

「キャ――――ッ！」

あらゆる罵声《ばせい》と悲鳴、叫びや怒号《どごう》がこだまする。

「うがぁあああっ！」

スープにまみれながら、体裁をかなぐり捨てた城田は暴れまくった。

あらぬ叫びは意味をなさず、真実味のない言い訳として薄っぺらに食堂に降り積もる。

僕が必死にならなくても、ほかの警官たちが充分に優秀だった。

彼らは暴れる城田の体をさっさと拘束し、十重二十重《とえはたえ》に厳重に確保して固める。

「……結局最後はこうなるんだから」

火傷《やけど》した腕を無意識にさすっていた僕の体を、浮名がそっと抱えた。

「ごめん」

謝ったけれど、その声はあまりの騒ぎの中で届かなかっただろう。

「はめられたんだ！　俺は無実だ！」

往生際悪く叫び続ける城田の声と、それを威圧する警官の声で、食堂は長い間騒然としたままだった。

「………」

だけど片隅で泣いている奥さんの泣き濡れた目が僕に向けられた瞬間、終わったのだと感じた。

もう本当に誰も殺されない。

城田を怪物とした新しい鬼首峠の都市伝説は生まれるかもしれない、いや、生まれるに違いないだろう。

だけど事件は終わった。

百目木君も、きっと静かに暮らすことができるだろう。

エピローグ

目の前でデータを開き、プリントアウトした原稿をせっせと確認していた蒲生《がもう》が、しばらくたってから吐息をついて顔をあげた。

満足そうな、僕にも実感のある表情である。

「ご苦労様でした、先生」

「ふぅ」

手を振ってソファに沈むと、ニコニコ顔の浮名《うきな》が台所から盆を手にしてやってくる。

「こちらこそ、お待たせしました」

「いえいえ、お疲れ様です」

丁寧《ていねい》になる僕の言葉にやはり笑顔で、蒲生は記録ディスクと原稿を丁寧にカバンにしまった。

「今回は長い期間苦労させてしまって、申し訳なかったです」

「とんでもない」

給仕をやってくれる浮名がテーブルの上に待ち望んでいたものを並べていくのを眺めながら、僕はぶるぶると首を振った。

「余計な手間をかけさせたのは僕です。長らくお待たせして、本当にすみませんでした」

「はいはい、そこまでそこまで」

浮名が手を叩《たた》き、プロのギャルソンのように腰に巻いた黒いエプロンのポケットから栓抜《せんぬ》きを取り出した。

「今日のために取り寄せておきました」

「うう、ありがとう、浮名ぁ」

じゃぁん、浮名がテーブルの上に載せたのは、赤い布が蓋《ふた》を覆《おお》った大吟醸《だいぎんじょう》の瓶《びん》だった。

「福井県の黒竜『仁左衛門《にざえもん》』純米大吟醸斗瓶囲《とびんかこ》い。九頭竜川《くずりゅうがわ》の軟水から造られたそうですよ」

「うわぁ、聞くだに凄そうですね」

蒲生も興味津々、身を乗り出す。

「脱稿のお祝いですか？」

「飲酒解禁祝いですよ」

浮名が苦笑して、説明した。

「一応スランプなんで、柄にもなく酒を断《た》ってたんですよ、この人」

「そう言えば……どさくさで気付きませんでしたが、今回一滴も飲んでいませんでしたね？」

蒲生が大きく目を見開いてびっくりする。

そりゃあそうだろう。

自他共に認める酒好きで、どこへ行こうと見境なく飲みまくり、飲んで気を大きくしては、時に大変なトラブルに巻き込まれることも少なくなかった僕だ。

むしろシラフの時の僕は僕じゃないんじゃないかと、よく知る人は言うだろう。

「大変な覚悟をさせてしまっていたんですね、すみません、先生」

「何言ってるんだよ」

僕は笑ってふんぞりかえった。

きれいなガラスの酒器に移し換えられた大吟醸の美しい色と芳醇《ほうじゅん》な香りを愉《たの》しみながら、恍惚《こうこつ》の瞬間を待つ。

と、蒲生がふっと、遠い目になった。

「事件のこと思い出してるのかい？」

「……すみません、おめでたい日に」

ハッとした蒲生が目を伏せたが、そのくらいで今日の僕は気分を害したりはしない。

浮名はちょっと複雑な表情をしたけど、蒲生が何を知りたがっているかくらいは、わかっていた。


——事件の詳細は、すでに城田誠一《しろたせいいち》の自供《じきょう》によって大半が明らかになっている。

その犯行の動機は、想像した通り、城田のいい加減さから端《たん》を発していた。

最初の犠牲者《ぎせいしゃ》、鬼無由紀子《きなしゆきこ》は、城田が就職の内定が決まったことを知り共に喜んだが、彼は一向に上京の援助をしてくれる気配がなかった。

城田は無論、鬼無との関係はHスキー場にいる時だけの〝現地妻〟的存在としてしか認知していなかったので、彼女の上京を援助する意志も、関係を継続する意志もなかった。

約束を延び延びにすることで、城田は事態が曖昧《あいまい》なまま風化することを望んでいた。

彼の遊び相手はみな、彼と同じような感覚の持ち主であったから、鬼無がこれまでと変わらない考えの持ち主であれば、悲劇は起きなかったかもしれない。

しかしそれは城田側の言い分であり、あまりにも勝手きわまるものだ。

彼はしつこい鬼無由紀子の訴えに辟易《へきえき》とし、彼女をキッパリと拒絶する必要性を感じ始めた。

留年した末の就職が決まり、新生活をスタートさせるうえでも、身辺整理をする必要を感じていたのである。

そこで付き合い始めたばかりの柴崎明里《しばさきあかり》を、本命の恋人として、今回の旅行に同伴させた。

鬼無の存在は柴崎にも、〝ストーカー予備軍の女〟として告げてあった。

Hスキー場に来たにも拘わらず、鬼無の働くいつものロッジではなく、鬼首《おにこべ》の〈スノウロッジ・ミヤケ〉を選んだのも、城田にとっては鬼無を牽制するためだった。

この時点で、彼は柴崎と共に、鬼無を馬鹿にして嘲弄《ちょうろう》するだけの余裕があった。

殺害当日、城田と柴崎は、鬼無を茶屋に閉じ込めるか、あるいは柴崎が〝腹裂き女〟の振りをして脅《おど》そうという計画をしていた。

脅して閉じ込めよう、というのは、柴崎のアイディアであり、女性ならではの陰湿な嫉妬《しっと》や、まだ十代の鬼無に対する羨望《せんぼう》も複雑に絡んでいたと思われる。

しかし当日になって、やってきた鬼無は城田の子供を妊娠していることをほのめかす。中絶する気はないし、別れる気もないと言い張る鬼無の態度は、それまで城田がいかにぞんざいに彼女をあしらってきたか、それによって、いかに彼女が傷つけられ、精神的に追い詰められていったかを物語るものだ。

城田もまた、留年して、ようやく決まった就職がふいになるかもしれないという切迫感に駆られた。

へたをしたら、結婚は免《まぬが》れたとしても、一生かけて鬼無に対して慰謝料や養育費を払い続けることになる可能性もある。

しかしなだめてもすかしても、鬼無はもはや城田の軽薄な言葉に従う気配はなかった。脅して閉じ込めるどころか、城田は完全に追い詰められる側に回ってしまった。

彼は殺害時の状況を〝衝動的に〟と、今も語っている。

鬼無は口論から対立してもみ合う間に、柱に後頭部を強打し、絶命した。

遺体の痕跡《こんせき》から、直接の死亡原因は間違いなく後頭部の強打にあるとされていたが、陥没《かんぼつ》痕跡は数箇所発生しており、打撃が一度でなかったことも物語っている。

城田は鬼無を殺害後、外で待っていた柴崎に〝事故〟を説明し、遺体を都市伝説になぞらえて損壊《そんかい》することを提案する。

内臓摘出の城田の目的は、鬼無の子宮に妊娠の痕跡があるかどうかを確認するためだったが、残酷な処置をする間に、そんなことをしても鬼無が病院の産科に行っていたり、あるいはDNAなどしかるべき検査をすれば、少なくとも妊娠の事実は判明するだろうと、この件に関しては完全な隠滅《いんめつ》は無理と気付いたらしい。

おびえる柴崎を、『これは事故だったんだから』となだめ続けたが、ロッジに警察が来て、彼女がしゃべりそうだと感じた。

百目木《どうめき》道弘《みちひろ》の存在を知り、なんとか彼に容疑が移らないかと案を練ったものの、柴崎明里殺害の必要性に迫られて、〝仕方なく〟〝咄嗟《とっさ》に〟殺してしまった。

そんな理由がまかり通るとは、彼も思ってはいまい。

――そしてここから、彼が思ってもみなかった待望の共犯者が現れる。

それが百目木道弘だった。

百目木道弘は事情聴取を終えて警察から解放されて帰宅し、吹雪《ふぶき》の中で自分の仕事をまっとうするため、裏口のスキー用具の管理を確認しに向かった。

そこで柴崎の遺体を発見し、彼なりの理由によって遺体を茶屋まで運んだ。

そこにはなんのトリックもない。

ただ冷たい遺体をスノーモービルに乗せ、僕が想像した通り、地道な努力で茶屋まで運んだ遺体を損壊、のち、再びスノーモービルと徒歩によってロッジに戻ってきただけのことである。

しかしこの行為によって、城田のアリバイは成立した。


城田は見えぬ共犯者におびえつつ感謝していたが、柴崎殺害時の写真を神谷沙織《かみやさおり》に撮影されてしまった。

神谷さんは、恐らく百目木君を犯人と目《もく》してマークしていたのだろう。

こうして安心したのも束《つか》の間《ま》、今度は神谷に脅されることになった城田は、共犯者の前回同様の登場を期待して、無造作《むぞうさ》にも真昼間に彼女を殺害した。

あろうことかやはり神谷沙織は、殺人犯である城田に、今回の手記を書かせようとしていた。

おまけにそれをメディア戦略に乗せて発信するつもりだったのである。

まるで自分の身に迫る危険を察知していない行動のように見えるが、彼女なりに不安はあったのだろう。

映像データは携帯電話会社のサーバーに保存され、それは彼女自身が消す手段を取らない限りは、蒲生の携帯電話に発信されるはずだった。

今回はたまたま、蒲生がパソコンで確認をしたから、あの場であんな激しい捕り物騒ぎになったわけである。

写真は連続で数枚撮られていたが、中にハッキリと、くず折れる柴崎明里の腹に腕を突っ込んだ姿勢でいる城田の横顔のショットがあった。

もし蒲生がパソコンで映像を見なければ、事件は上京してから新展開を見せる、ということになっていたに違いない。

少なくとも、僕のスープでの火傷《やけど》はなかったはずだ。


そして、白昼堂々だろうと、百目木君はかまわず、彼を突き動かす理由によって、神谷さんの遺体を運ぼうとしていた。

これを僕らに見つかったわけである。


「なぜだったんです？」

「ん？」

「百目木君の、動機です」

それが事件を知る人にとって一番の引っかかりだというのは僕にもわかっていた。

そしてそれを説明すれば、きっと蒲生は判ってくれるだろうし、誰にも何も言いはしないだろうということも。

「彼には恋人の腹を裂いて生存した事実があるからだよ」

「……え……」

淡々と述べた僕の言葉に、蒲生の表情が固まった。

「誤解しないようにしよう。彼の置かれていた事故当時の状況は過酷であり、最悪だった。当時の彼の状況と同じ状況に陥った時、僕たちもどうなるか誰にも判らない。それほど冬山の厳しさは人を狂わせるのだと思う」

「百目木君は……狂って？」

泣き出しそうな蒲生の表情が、僕には理解できる。

いつの間にか酒宴の用意を終えたギャルソン浮名が、僕のかたわらにすわって足をくっつけてくれている。

その熱が、今はとても暖かくてうれしい。いとしい。

「一時的にどんな状態になっていたか、僕も詳しくは知らないんだ。だけど僕は、百目木君が意図的に城田をかばうような理由はどこにも絶対にないと思っていた。だから、きっとそれは城田とはまったく無関係の理由があってのことだと思った。もし殺人犯が城田でない別人でも、百目木君はまったく意識せずに同じようにかばうような行動に出ていただろう」

「なぜですか？　無意識に、自分と同じような殺人犯をかばうつもりで……」

うろたえた蒲生の声は、思いがけない事実に震えを帯びている。

「彼が殺していただなんて……」

「違うよ、彼は誰も殺していない。彼がやったのは、茶屋の中で凍死した祥子《しょうこ》さんの遺体を損壊し、暖を取るために、取り出した内臓や残った遺体を利用しただけだ。祥子さんは凍死している。百目木君の行為で死んだわけじゃない。ただ、彼自身がそれを覚えていないだけなんだ。自分が行った行為はもちろん、何故なのか、結果としてどういうことになったのかも覚えていないんだよ。それが病気なんだと思う」

「では……かばったのは……」

「彼はかばったんじゃない。ただ、きっと祥子さんの思い通りにしたかっただけだと思う。それが生きていたときの彼女の、最期の願いだったんだろう」

「祥子さんの？」

「死んだら、体を裂いて欲しいって」

「……なぜ……」

蒲生は呆然とした。

そんな理由、あるはずないって顔だった。

「百目木君の記憶が不鮮明なのでハッキリしないけど、百目木君が鬼首に戻ってきたのは、都市伝説のサイトを見たせいだ。彼は自分が生き残りたいがために、生きたままの祥子さんを裂いたのではないかという不安と、遺体を見なかったため、祥子さんの本当の死を受け止め切れていなかったせいで、心に深い傷がついたままだったんだ」

「……ネタになった本人にも、事実はよくわかっていなかったんですね」

静かに深く、蒲生はうなだれた。

「百目木君は、知らない間に、城田みたいな卑劣《ひれつ》な男をかばってしまっていたのか」

「行為は結果としてそうなってしまったけど、彼は次々と現れた死体を見て、なおのこと罪の意識を深くしたんだと思う。それはきっと、極寒《ごっかん》の地獄から、自分だけが恋人の死を犠牲《ぎせい》として生き残ってしまったという、罪悪感のせいなんじゃないかな」

「想像を絶する体験ですね……」

「想像できないし、気の毒で、あまりにもつらいね」

「……彼が突然証言を始めたのは、それを思い出したのがキッカケですか？」

「うん、気重だったけれど、僕が蓮杖《れんじょう》刑事に指摘して、過去の体験を百目木君自身に向き合わせたんだ」

「そうだったんですか……」

「…………」

そうしていいかどうか、僕も悩んだ。

人の一生を決めるような問題である。

百目木君は懺悔《ざんげ》の世界に漂っていた。

現れる死体を損壊することで、恋人の希望を果たそうとしていた。

彼女の死が、百目木君にとってはまだ〝死〟ではなかったせいだ。

蓮杖が僕に言われ、上司と相談して百目木君に突きつけた現実は、彼を何もかもが曖昧《あいまい》な懺悔の世界から追い出すものだっただろう。

彼は祥子さんの死を、今度こそ受け止めるしかなかったのである。

取調室で、彼は自分が損壊した最初の遺体の写真を見せられたのだ。

羽野《はの》祥子《しょうこ》さんの、無残な姿を……。

「今でもそうしてよかったかどうか、自信はないよ。だけど、蓮杖さんに聞く限りでは、百目木君の精神状態は回復して、東京に帰ってやり直すことを決めたそうだから、少なくとも前進したことだけは良かったなと思ってる」

「そうですね」

蒲生が頷いて、しんみりとした空気が流れる。

「すごく悲しい物語でしたねぇ」

「でもきっと、祥子さんは最期の願いを、口にしたと思うなぁ」

浮名が言いながら、仁左衛門を僕のぐい飲みに注いだ。

「だから百目木君は、それを果たしたんだと思う。それで彼が今無事なんだから、祥子さんも本望だったと思うよ」

「……ですねぇ」

蒲生も同じように注いでもらい、僕が浮名のぐい飲みに注いでやる。

浮名が僕の手元をじっと見つめているのがわかった。

「あんたはさ、僕のために、同じことできる？」

裂かれる側とも、裂く側とも言わず、浮名がそう尋ねる。

蒲生が聞こえない振りをしているのがわかった。

「オレは旅行先じゃあ、戒厳令《かいげんれい》を敷《し》かれることになってるから、遭難なんてしないよ」

そっぽを向いて適当に答えながら、しばらくぶりの一杯をぐいっといく。

五臓六腑《ごぞうろっぷ》に染《し》みる。

本当に美味《うま》い酒だった。

あとがき

五百香ノエル

はじめましての方、そうでない方、お久し振りの方も、そうでない方も、読んでくださってありがとうございました。五百香《いおか》ノエルです。

まさか、もしや、シリーズを一作も読まずに買ったお方でも、最後まで楽しく読めていれば幸いです。

このシリーズのコンセプトは火サス、土ワイ、でございますので、我《わ》があこがれの片平《かたひら》なぎさ様の各出演作品のごとく、シリーズが途中だろうとなんだろうと、きちんと楽しめるのが理想です。

担当さまと打ち合わせ中、前述のなぎさ嬢の話が出ました。

某飲料水のコマーシャルで、岸壁に立って船越栄一郎《ふなこしえいいちろう》扮する刑事らしき人物に問い詰められるヒロインの役は、絶対になぎさ嬢の方が良かったのに、と（笑）。

同じような感想を抱《いだ》いた方は、読者さまの中にも多かったのではないでしょうか？

さて、今回の物語も、シリーズでは定番となった旅行中の事件です。

事件の内容は、シリーズでもっともホラー色が強くなったのではないかと思っています。ホラーと言っても幽霊《ゆうれい》や怪奇現象の方ではなくて、いわゆる都市伝説タイプの新しいホラーです。

都市伝説、というものがどういう流れで私たちの日常に入り込んでくるのか、その方法はいろいろだと思います。

今作では、インターネットが重要な流布《るふ》の舞台となっております。

シリーズでは『死神山荘殺人事件』の犯人が、ネットに醜聞《スキャンダル》を流布されて連続殺人を犯すという形式がありました。

私はもともとあまりインターネットを利用していなかったのですが、パソコンを新しくして、環境が良くなったのを機に、サイコキラー系のホームページなどを巡《めぐ》るようになりました。

都市伝説は、ネット上において進化し、私が子供のときよりも遥かに異質で不気味な形で流布されているように感じられました。

言うまでもないことですが、改めて、ネットの情報量は大海のプランクトンのように膨大《ぼうだい》なものなんですねぇ。

今作の事件は、まったくフィクションで、元ネタとなった事件などはありません。

物語の中に登場する掲示板などは、有名な某匿名《とくめい》掲示板がモデルです。

私は実はこの匿名掲示板、まったく利用したことがなく、自分としては見るのも毛嫌いしていたのですが、ゲームの攻略や、オカルトのネタなど、自分の職種と接近していない〝板〟は楽しんで見るようになりました。

そこでいかに一般の人たちが中でうまく〝ネタ〟を転がすか見てきました。

信じられないような話を、『これはネタでしょ?』と他の人たちに煽られながら、それでもかまわないから早く続きを教えてくれ、と引き込ませる手腕は、もはやプロと言っても差し支えないと思いました。

私はすでに終了したいろいろなネタストーリーを、有志が保存しまとめた形のホームページで読ませてもらいましたが、こういったネタや、あるいはストーカー的人物のルポなどは、タイムリーに掲示板に居合わせていたら、さぞや興奮し、ワクワクして次の展開を待っていたに違いないと感じました。

――とあるネットナンパ師をこらしめるルポなど、掲示板の住人らの緊迫したやり取りの部分が音楽つきになっていて、笑い事じゃないのに爆笑してしまいました――

犯罪とまったく無縁の場所で、健全な人たちばかりが書き込みをしている、とは私は感じませんでしたが、いずれにしても、やはりまだ銃器と同じで、今のところ扱う側の使い方にかかっている世界ですね。

こういった、未来が予測できない方向に幾重《いくえ》にも転換する可能性のある世界では、真実を見つけることが困難に見えて、実はとても単純で簡単なことなのかもしれないと考えさせられます。

人の善意や悪意というものは、誰が掘り起こすかによって、どんな色に転ずるか決まるのかもしれません。

願わくは多くの人の善意が発掘され、悪意は眠り続けますように。


今作でも可哀相《かわいそう》に、殺人事件にあっている主人公たちは気の毒ですが、私的にはとても助かりました。

〝いつもの〟彼らに会うことで、なんとなく自分自身のペースも元に戻ってきたように感じられたので（苦笑）。

この調子でまだしばらく彼らに付き合いたいと思っていますので、読者の皆さま、イラストの松本花《まつもとかずら》さま、スタッフの皆さま、どうぞよろしくお願いします。

ネットを巡る環境は取り戻せたものの、余裕は相変わらずなくて、自分のホームページは手がつけられません。

私を見捨てずにいてくださる読者さままで、情報などを知りたい方は、編集部まで感想と御一緒に、お手紙でお問い合わせしてくだされば返信するようにいたします。

その際メルアドなどを記載していただければ、早めにお返事できると思います。

よろしくお願いします。

それではまた、次作でもお会いできますように——。

吉日　五百香ノエル

D E A R + N O V E L

ミステリアス・ダム！5／おにこべとうげさつじんじけん

MYSTERIOUS DAM! 5 鬼首峠殺人事件

この本を読んでのご意見、ご感想などをお寄せください。
五百香ノエル先生・松本 花先生へのはげましのおたよりもお待ちしております。
〒113-0024　東京都文京区西片2-19-18　新書館
[編集部へのご意見・ご感想] ディアプラス編集部「鬼首峠殺人事件」係
[先生方へのおたより] ディアプラス編集部気付　○○先生

初　出
鬼首峠殺人事件：書き下ろし

新書館ディアプラス文庫

著者：五百香ノエル［いおか・のえる］
初版発行：2004年 4 月25日

発行所：株式会社新書館
［編集］〒113-0024　東京都文京区西片 2-19-18　電話(03)3811-2631
［営業］〒174-0043　東京都板橋区坂下 1-22-14　電話(03)5970-3840
［URL］ http://www.shinshokan.co.jp/
印刷・製本：図書印刷株式会社

定価はカバーに表示してあります。乱丁・落丁本はお取替えいたします。

ISBN4-403-52086-3

S H I N S H O K A N

ディアプラス文庫

定価各：本体560円＋税

桜木知沙子
Chisako SAKURAGI
「現在治療中【全3巻】」イラスト／あとり硅子
「HEAVEN」イラスト／麻々原絵里依
「あさがお～morning glory～【全2巻】」
イラスト／門地かおり
「サマータイムブルース」イラスト／山田睦月
「愛が足りない」イラスト／高野宮子

篠野 碧
Midori SASAYA
「だから僕は溜息をつく」
「続・だから僕は溜息をつく BREATHLESS」
イラスト／みずき健
「リゾラバで行こう!」イラスト／みずき健
「プリズム」イラスト／みずき健
「晴れの日にも逢おう」イラスト／みずき健

新堂奈槻
Natsuki SHINDOU
「君に会えてよかった①②」
イラスト／蔵王大志
「ぼくはきみを好きになる?」
イラスト／あとり硅子

菅野 彰
Akira SUGANO
「眠れない夜の子供」
イラスト／石原 理
「愛がなければやってられない」
イラスト／やまかみ梨由
「17才」イラスト／坂井久仁江
「恐怖のダーリン♡」イラスト／山田睦月
「青春残酷物語」イラスト／山田睦月

五百香ノエル
Noel IOKA
「復刻の遺産～THE Negative Legacy～」
イラスト／おおや和美
「MYSTERIOUS DAM!①骸谷温泉殺人事件」
「MYSTERIOUS DAM!②天秤座号殺人事件」
「MYSTERIOUS DAM!③死神山荘殺人事件」
「MYSTERIOUS DAM!④死ノ浜伝説殺人事件」
「MYSTERIOUS DAM!⑤鬼首峠殺人事件」
イラスト／松本 花
「罪深く潔き懺悔」イラスト／上田信舟
「EASYロマンス」イラスト／沢田 翔
「シュガー・クッキー・エゴイスト」イラスト／影木栄貴
「GHOST GIMMICK」イラスト／佐久間智代

うえだ真由
Mayu UEDA
「チープシック」イラスト／吹山りこ
「みにくいアヒルの子」イラスト／前田とも

大槻 乾
Kan OHTSUKI
「初恋」イラスト／橘 皆無

久我有加
Arika KUGA
「キスの温度」イラスト／蔵王大志
「キスの温度②光の地図」イラスト／蔵王大志
「長い間」イラスト／山田睦月
「春の声」イラスト／藤崎一也

榊 花月
Kazuki Sakaki
「ふれていたい」イラスト／志水ゆき
「でも、しょうがない」イラスト／金ひかる

DEAR+ CHALLENGE SCHOOL

<ディアプラス小説大賞>

募集中！

◆賞と賞金◆

大賞◆30万円

佳作◆10万円

◆内容◆

BOY'S LOVEをテーマとした、ストーリー中心のエンターテインメント小説。ただし、商業誌未発表の作品に限ります。

◇批評文はお送りいたしません。

◇応募封筒の裏に、**【タイトル、ページ数、ペンネーム、住所、氏名、年令、性別、電話番号、作品のテーマ、投稿歴、好きな作家、学校名または勤務先】**を明記した紙を貼って送ってください。

◆ページ数◆

400字詰め原稿用紙100枚以内（鉛筆書きは不可）。ワープロ原稿の場合は一枚20字×20行のタテ書きでお願いします。原稿にはノンブル（通し番号）をふり、右上をひもなどでとじてください。なお原稿には作品のあらすじを400字以内で必ず添付してください。

小説の応募作品は返却いたしません。必要な方はコピーをとってください。

◆しめきり◆

年2回　**1月31日/7月31日**（必着）

◆発表◆

1月31日締切分…ディアプラス7月号（6月14日発売）および
小説ディアプラス・ナツ号（6月20日発売）誌上

7月31日締切分…ディアプラス1月号（12月14日発売）および
小説ディアプラス・フユ号（12月20日発売）誌上

◆あて先◆

〒113-0024　東京都文京区西片2-19-18
株式会社 新書館 ディアプラス チャレンジスクール〈小説部門〉係